国际大奖小说
国际安徒生奖

星期天的巨人

DER-SONNTAGSRIESE

[奥]海因茨·雅尼施/著
[奥]苏珊娜·维西道恩/绘
孔 杰/译

天津出版传媒集团
新蕾出版社

图书在版编目 (CIP) 数据

星期天的巨人 / (奥) 海因茨·雅尼施著；(奥) 苏珊娜·维西道恩绘；孔杰译. -- 天津：新蕾出版社，2017.3（2025.7重印）
(国际大奖小说)
ISBN 978-7-5307-6487-9

Ⅰ.①星… Ⅱ.①海…②苏…③孔… Ⅲ.①儿童小说-中篇小说-奥地利-现代Ⅳ.①I521.84

中国版本图书馆 CIP 数据核字(2016)第 271156 号

Original Edition published by Obelisk Verlag,
Innsbruck – Vienna,Austria
Simplified Chinese translation copyright ⓒ 2017 by New Buds
Publishing House (Tianjin) Limited Company
ALL RIGHTS RESERVED
津图登字：02-2014-510

出版发行：天津出版传媒集团
　　　　　新蕾出版社
http://www.newbuds.com.cn
地　　址：天津市和平区西康路 35 号(300051)
出 版 人：马玉秀
电　　话：总编办(022)23332422
　　　　　发行部(022)23332351　23332677
传　　真：(022)23332422
经　　销：全国新华书店
印　　刷：天津新华印务有限公司
开　　本：880mm×1230mm　1/32
字　　数：60 千字
印　　张：5
版　　次：2017 年 3 月第 1 版　2025 年 7 月第 22 次印刷
定　　价：22.00 元

著作权所有，请勿擅用本书制作各类出版物，违者必究。
如发现印、装质量问题，影响阅读，请与本社发行部联系调换。
地址：天津市和平区西康路 35 号
电话:(022)23332351　邮编:300051

前言

一辈子的书

梅子涵

亲近文学

一个希望优秀的人,是应该亲近文学的。亲近文学的方式当然就是阅读。阅读那些经典和杰作,在故事和语言间得到和世俗不一样的气息,优雅的心情和感觉在这同时也就滋生出来;还有很多的智慧和见解,是你在受教育的课堂上和别的书里难以如此生动和有趣地看见的。慢慢地,慢慢地,这阅读就使你有了格调,有了不平庸的眼睛。其实谁不知道,十有八九你是不可能成为一个文学家的,而是当了电脑工程师、建筑设计师……可是亲近文学怎么就是为了要成为文学家,成为一个写小说的人呢?文学是抚摸所有人的灵魂的,如果真有一种叫作"灵魂"的东西的话。文学是这样的一盏灯,只要你亲近过它,那么不管你是在怎样的境遇里,每天从事怎样的职业和怎样地操持,是设计房子还是打制家具,它都会无声无息地照亮你,使你可能为一个城市、一个家庭的房间又添置了经典,添置了可以供世代的人去欣赏和享受的美,而不是才过了几年,人们已经在说,哎哟,好难看哟!

谁会不想要这样的一盏灯呢?

阅读优秀

文学是很丰富的,各种各样。但是它又的确分成优秀和平庸。我们哪怕可以活上三百岁,有很充裕的时间,还是有理由只阅读优秀的,而拒绝平庸的。所以一代一代年长的人总是劝说年轻的人:"阅读经典!"这是他们的前人告诉他们的,他们也有了深切的体会,所以再来告诉他们的后代。

这是人类的生命关怀。

美国诗人惠特曼有一首诗:《有一个孩子向前走去》。诗里说:

有一个孩子每天向前走去,

> 他看见最初的东西,他就变成那东西,
>
> 那东西就变成了他的一部分……

如果是早开的紫丁香,那么它会变成这个孩子的一部分;如果是杂乱的野草,那么它也会变成这个孩子的一部分。

我们都想看见一个孩子一步步地走进经典里去,走进优秀。

优秀和经典的书,不是只有那些很久年代以前的才是,只是安徒生,只是托尔斯泰,只是鲁迅;当代也有不少。只不过是我们不知道,所以没有告诉你;你的父母不知道,所以没有告诉你;你的老师可能也不知道,所以也没有告诉你。我们都已经看见了这种"不知道"所造成的阅读的稀少了。我们很焦急,所以我们总是非常热心地对你们说,它们在哪里,是什么书名,在哪儿可以买到。我就好想为你们开一张大书单,可以供你们去寻找、得到。像英国作家斯蒂文生写的那个李利一样,每天快要天黑的时候,他就拿着提灯和梯子走过来,在每一家的门口,把街灯点亮。我们也想当一个点灯的人,让你们在光亮中可以看见,看见那一本本被奇特地写出来的书,夜晚梦见里面的故事,白天的时候也必然想起和流连。一个孩子一天天地向前走去,长大了,很有知识,很有技能,还善良和有诗意,语言斯文……

同样是长大,那会多么不一样!

自己的书

优秀的文学书,也有不同。有很多是写给成年人的,也有专门写给孩子和青少年的。专门为孩子和青少年写文学书,不是从古就有的,而是历史不长。可是已经写出来的足以称得上琳琅和灿烂了。它可以算作是这二三百年来我们的文学里最值得炫耀的事情之一,几乎任何一本统计世纪文学成就的大书里都不会忘记写上这一笔,而且写上一个个具体的灿烂书名。

它们是我们自己的书。合乎年纪,合乎趣味,快活地笑或是严肃地思考,都是立在敬重我们生命的角度,不假冒天真,也不故意深刻。

它们是长大的人一生忘记不了的书,长大以后,他们才知道,原来这样的书,这些书里的故事和美妙,在长大之后读的文学书里再难遇见,可是因为他们读过了,所以没有遗憾。他们会这样劝说:"读一读吧,要不会遗憾的。"

我们不要像安徒生写的那棵小枞树,老急着长大,老以为自己已经长大,不理睬照射它的那么温暖的太阳光和充分的新鲜空气,连飞翔过去的小鸟,和早晨与晚间飘过去的红云也一点儿都不感兴趣,老想着我长大了,我长大了。

"请你跟我们一道享受你的生活吧!"太阳光说。

"请你在自由中享受你新鲜的青春吧!"空气说。

"请你尽情地阅读属于你的年龄的文学书吧!"梅子涵说。

现在的这些"国际大奖小说"就是这样的书。

它们真是非常好,读完了,放进你自己的书架,你永远也不会抽离的。

很多年后,你当父亲、母亲了,你会对儿子、女儿说:"读一读它们,我的孩子!"

你还会当爷爷、奶奶、外公和外婆,你会对孙辈们说:"读一读它们吧,我都珍藏了一辈子了!"

一辈子的书。

DER SONNTAGSRIESE

星期天的巨人

目录

第一章　不安分的乔纳森 …………… 1

第二章　小人国 ………………… 5

第三章　鸟巢 ………………… 17

第四章　客厅里的沙漠 ………………… 28

第五章　粉笔钢琴 ………………… 37

第六章　和风赛跑 ………………… 50

第七章　深海潜水员 ………………… 65

DER SONNTAGSRIESE
星期天的巨人

目 录

第八章　　杂物的起义……………74

第九章　　星期天巨人……………86

第十章　　在"大海"上……………96

第十一章　星期天之吻……………101

第十二章　厨房里的小丑…………105

第十三章　飞翔的杂技演员………114

第十四章　星期天画家……………128

第一章

不安分的乔纳森

"这就是他!乔纳森,一个不安分的人!"

爸爸拿出一张皱巴巴的黑白照片给我看。他小心翼翼地捏着照片边缘,好像那上面撒了痒痒粉一样,生怕沾到手上。

他摇了摇头。

"我弟弟对我来说就是个谜。"他说,"他总是在路上,每隔几年就换个地方居住:非洲各地、印度、巴西。现在他住在美国,已经好几年了。"

我打量着照片中这个不安分的乔纳森：他站得有点儿歪，看起来很瘦。

"如果他不穿衬衣的话，估计能看见每一根肋骨。"我心里琢磨着。

他的头发很短，看上去乱蓬蓬的，就好像刚起床一样，又或是刚被龙卷风刮过也不一定。

"他就是龙卷风。"爸爸喃喃自语。

我吃惊地看着他。

"他能把所有东西弄得一团糟。"爸爸说，"不管去哪儿，哪怕就待上一小会儿，他都能把那里弄得天翻地覆。乔纳森完全是我的反义词。"爸爸若有所思地挠着下巴，"但是我喜欢他，对他我就是生不起气来。"

我已经听说过很多关于乔纳森叔叔的事了，但还从来没见过他。

"他为什么从来不来咱们家做客？"我问爸爸。

爸爸叹了口气，"他过去十年来过两次。一次是我结婚的时候，还有一次是你奶奶的葬礼。那会儿你才三岁，估计记不起来了。"

我拿起照片又仔细地看了一眼。我的乔纳森叔叔站在那里,狡黠地看着我。

"那他为什么现在要来?发生什么事了吗?"

"他在电话里说他想家了,非常非常想。他会回来待上两三个月,然后再走。"

对于叔叔的思乡之情,爸爸看上去并没有感到特别欣喜。

"他会住在咱们家吗?"我小心翼翼地问。

"不,他住在一个朋友家。但他会经常来拜访咱们,至少他是这么说的,到时候看吧。"

"那这个神秘的乔纳森什么时候来呢?"

我把照片倒转过来,现在我的叔叔头朝下了。

"他明天过来吃饭。"爸爸说,"一次星期天的拜访。我觉得,他应该已经在城里待了好几天了。"

我手里拿着照片,朝各个方向旋转着。好期待星期天的到来……

爸爸坐到电视机前开始看新闻,而我则数着邻居家窗台上聚成一小堆的鸽子。

"妈妈什么时候回家?"我嘴上这么说,脑子里却还想着那个从美国回来的怪叔叔。

"如果她准时的话,大概八点吧。"对爸爸来说,谁都不守时,除了他自己,因为他总会提前五分钟。

我从厨房里拿来橙汁和饼干,舒舒服服地坐到沙发上。电视里正在转播足球比赛。

当妈妈开门进来的时候,我跟爸爸正看到一个足球运动员被罚下场,因为他冲着裁判员吐舌头。

不知道为什么,他看起来跟乔纳森叔叔有点儿像。

第二章

小人国

他还没来得及按门铃,我就已经冲到了门口。

他看起来跟照片上一模一样。

他的头发乱糟糟的,像刚在街上被八级大风刮过一样。他站在楼道里,像照片上一样斜着身子,冲我咧着嘴笑。

我们都已经吃过饭了。乔纳森叔叔迟到了至少两个小时。

他特别瘦,我都害怕他会像把尺子一样,稍不留心就会从中间折断了。

"我是乔纳森。"这就是他的开场白,而我注意的则是他旁边那个巨大的箱子。

"你不穿衬衣的时候,能看到肋骨吗?"我问。

"别人都说可以。"他一边说着,一边解开格子衬衫,并且屏住了呼吸——真的能看清每一根肋骨。

"马克斯,"爸爸喊道,"请乔纳森叔叔进来啊。难道你要他在外边冻出肺炎吗?不过,你们两个究竟是在干吗啊?"

"他想看我的肋骨。"乔纳森叔叔不动声色地说,"嘿,哥哥!我知道,我又迟到了。不好意思,我刚才有些别的事。"

"星期天也这么忙?"爸爸难以置信地问。

"对,星期天也是。"乔纳森叔叔说,"来,帮我个忙。"

爸爸和叔叔一起把箱子搬进了前厅。

箱子上写着几个大字——小人国。

"这是个游戏吗?"我好奇地问。

"差不多吧。"乔纳森叔叔回答。

妈妈热情地跟他打招呼并亲吻了他的脸颊。

"饭都已经凉了。"爸爸嘟哝着在乔纳森叔叔的肩上友好地捶了一下,"见到你真是太好了。"

说这句话的时候,爸爸看上去有些害羞。

然后我们一家三口坐在餐桌旁,看着乔纳森叔叔把妈妈给他准备的饭菜一扫而光。

"我今天快饿死了。"乔纳森叔叔嘴里塞满了食物,"你们知道吗,我在美国时特别想家里的菜,还有很多其他东西。"他把酒杯里的红酒一饮而尽,"你们住的房子很漂亮啊。"

"这房子很老了,"我说,"好像有上百年的历史了。"

"嗯。"叔叔点了点头,"我在楼道里就看出来了。在美国时,我也很怀念家里的宽敞。我住的公寓房间非常矮,不过可以看到整个城市的美景。"

"你住在什么地方?"我好奇地打听。

"在纽约的一栋高楼里。"我那饭量惊人,但是很瘦的叔叔说,"我住在73层!"

"73层?"我试着想象,"难道不会头晕吗?"

"不会,习惯就好了。你们一定要去我那儿做客!"

"好啊,一定去!"我激动地喊。

爸爸看了我一眼。"有机会的,"他轻声说,"不急。"

乔纳森叔叔终于吃完饭了。我带他在房子里四处转了转——卧室、客厅和我的房间,最后我们又回到前厅,他险些被他带来的箱子绊倒,"我差点儿把它给忘了!这是我给你准备的礼物!我把它寄存在一个朋友家的阁楼里,因为去取它我才迟到了。"

他在前厅就地打开了箱子。箱子里装满了彩色的塑料小矮人,分别戴着红色、蓝色、黄色还有绿色的帽子。每个小矮人看起来都与众不同:有的手里拿着本书,有的拿着根蜡烛,有的在玩倒立,还有的在踢足球……

"这是什么？"爸爸问。他看起来不太高兴。

前厅里到处都是小矮人。

"这是小人国！"乔纳森郑重其事地说,"足足有77个小矮人！"

爸爸妈妈无奈地看着他。

我很感动。"这些现在都归我了吗？"我兴奋地问。

"如果你想要的话！"乔纳森说。我们冲彼此友好地笑了。

"我当然想要啦！可我压根儿不知道,应该把他们放在哪里。"

"我们现在就找地方。"乔纳森说。

"等等！等一下！"爸爸有点儿气急败坏,"马克斯拿77个花园里用的塑料小矮人做什么？你能给我解释一下吗？这里不是花园,他需要……"

"这不是放在花园里的小矮人。"乔纳森依旧很友好地说。他深吸了口气,"看来我有必要给你们一一介绍一下了。"

他在小矮人周围坐了下来。

"我们挨个儿来。"他举起一个小矮人,"这个戴着厨师帽的,是厨师小矮人,他会做很多菜,可以帮忙做饭,应该把他放在厨房里;这个看起来很困的,是沉睡小矮人,他可以帮助入睡,因为他总是打哈欠;这个拿着毛巾的,是洗漱小矮人,他可以帮……"

"够了!"爸爸大声地叹了口气,"我头都疼了!"

"你看,"乔纳森说着准确无误地抓起一个提着小黑书包的小矮人,"我们还有个医生小矮人,他知道你……"

"你从哪儿搞来这么多莫名其妙的东西?"爸爸说着走进厨房。我们听见他给自己倒了杯红酒。

"其实我们还有个饮酒小矮人!"乔纳森冲着厨房喊道,"就是这个手里拿着酒杯的。"

"还有什么样的小矮人?"妈妈友好地问。

妈妈好像挺喜欢这些新住户的,至少看上去是。

乔纳森搓了搓手,"嗯,我们还有欢迎小矮人,应该把他放在门口,因为他的眼神很亲切。还有倾听小矮人,他有两只漂亮的大耳朵,应该放在沙发上。还有监督小矮人,看他看得多仔细啊,我们把他放在门口。另外还有猫

咪小矮人,他觉得自己是一只猫咪。瞧,他趴在地上到处乱走。"

乔纳森在房子里走来走去,把一个个小矮人放置在他认为合适的地方,而我则在一旁帮忙。

妈妈手里拿着一个扎辫子的小矮人说:"你们注意到还有小矮人女士了吗?"

"当然了。"乔纳森喊道,"毫无疑问。比如我们有个爱看书的小矮人女士,整天只想看书,所以,必须把她放到书架上。我们还有个穿着足球鞋的小矮人女士,她需要训练的场地……"

"不管是男的还是女的,"爸爸的声音从厨房里传了出来,"我不想在家里的各个角落都看到小矮人,我的头都被搞晕了。"

"箱子上写着'小人国'。"我说,"现在我们的房子就像个'小人国'。"

"你们知道我是怎么想起这个箱子的吗?"乔纳森问道,"因为我觉得这里的一切都好迷你啊。相比之下,美国的东西要大多了:房子、街道、机场。从我回来之后,我就有一种感觉,像是生活在小人国一样。然后我就想起了这个箱子。转念一想,我应该把它作为礼物送给马克斯!"

"这个礼物棒极了!"我一边说,一边拿起一个手捧着一大束塑料花的小矮人。

"我必须承认……"乔纳森欲言又止。

我们好奇地看着他。

"还少一个小矮人,总共应该是78个!但是有一个我一直带在身边,好多年了,那个我不送人。他是个旅行小矮人,时刻陪伴着我。"

他从夹克口袋里掏出一个戴蓝色帽子的小矮人,小矮人手里还提着一个小灯笼。

爸爸瞪大眼睛看着乔纳森。"你总是一次又一次地给我带来惊喜。"他轻声说。

"为什么偏偏是这个旅行小矮人呢?"我问。

"嗯,有很多原因。"乔纳森说着把旅行小矮人放到窗台上。

"你们发现什么了吗?"过了一小会儿,他低声问道。

"嗯。"我看了看妈妈,而爸爸早就消失在厨房里了。

"没,我没发现什么。"妈妈说。

"是他的帽子。"乔纳森说,"就像海水一样蓝。而且他手里还提着一个灯笼,发出一小束光。不管到什么地方,我们总是需要光明。"

我打量着旅行小矮人,他站在那里望着窗外,突然,我可以发誓,突然有几秒钟我听到了大海的呼啸声。如果爸爸知道,一定会说:"胡说,那是街上的噪声!"但是我知道,那是大海的声音。乔纳森说得对,那是个真正的旅行小矮人。

"这个无论如何要放在我这里。"乔纳森边说边拍了拍手,他把旅行小矮人又放回夹克口袋里,"接下来,我们把剩下的小矮人放在哪里?"

这是我跟乔纳森叔叔在一起的第一个星期天。

房子里到处摆满了小矮人:广播小矮人摆在了收音机旁,戴浴帽的小矮人放到了浴室里,还有一个小矮人放在沙发上,跟爸爸一起看电视新闻。

"这是新闻小矮人!"乔纳森小声告诉我,"他对政治非常感兴趣。你看,他看得多认真啊!"

当我正把一个手捂着鼻子的小矮人放到卫生间时，妈妈把我拉到一边，"一天，最多两天，你可以把小矮人们放在现在的位置。然后就必须要收起来，不然我该发疯了。我现在已经对小矮人们过敏了，觉得身上到处都痒痒！"

"这是个美梦小矮人。"乔纳森在我房间里对我说，"我帮你把他放到枕头底下！他会给你带来美梦！"

"你千万别把小矮人放到我床上！"爸爸在客厅里喊道，"我肯定会梦到小矮人的。我现在满眼看到的都是小矮人。我看新闻的时候都觉得小矮人无处不在！"

终于，77个小矮人摆放完毕。

那是个漫长而又舒适的夜晚。

爸爸终于可以轻松地坐在一旁，而妈妈显然对美国很感兴趣，想多了解美国，所以乔纳森叔叔就一直在那里讲啊讲啊。他讲话的时候，手里还拿着一个背照相机的小矮人。

"我就像他一样。"他对我说，"我在全世界旅行，拍照片，给三四家报纸投稿。我还得给你讲讲这个，等下个星期天吧！"

　　我一点儿也想不起来乔纳森叔叔是什么时候走的。我到点就必须睡觉了。我只记得，是爸爸把我抱到床上的。我还记得我那天梦到了什么：一群穿着白色睡衣的小矮人在我房间里踢足球。

第三章

鸟　巢

第二个星期天，乔纳森叔叔背着两个大旅行袋站在门口。他的大衣都湿透了，外边一直在下雨。

乔纳森摇了摇脑袋，水花四溅。

"今天我们就舒舒服服地待在家里！"他说。

我帮他把两个旅行袋拿到前厅。

"里边装的是什么啊？"我问，"新的小矮人吗？"

乔纳森摇了摇头，"一会儿你就看到了。小矮人们都到哪儿去了？去度假了吗？这才刚刚一周时间？"

"对,他们度假去了!"趁我还没张嘴回答,妈妈抢先说道。她跟乔纳森打了个招呼,帮他脱掉已经湿透的大衣。

"我帮你从浴室拿几块毛巾来,你可以先把头发擦干。需要吹风机吗?"

"一块毛巾就够了!"乔纳森说。几秒钟之后,他已经用毛巾把头包了起来。

爸爸吃惊地看着他:"今天你要扮演酋长吗?"

"为什么不呢?"乔纳森反问道,"我接受这个提议:乔纳森——暴雨酋长!"

爸爸凑近他,仔细打量了一番,"进来吧,你这个总是制造惊喜的家伙!你又带小矮人来了?今天的袋子里都藏了些什么东西啊?"

"我们先踏实吃饭!"妈妈说,"吃完之后,我们有大把的时间期待惊喜!"

"对了,我得恭喜你!"爸爸说,"你今天只迟到了半小时!"

"你看,"乔纳森满意地说,"我的估算越来越准了。"

"你没有手表吗？"我问。我给他炫耀了一下我的"超级手表"，这可是带有电子显示和闹钟功能的高级货。

"唉，我的表被我丢得到处都是。"乔纳森叹了口气，"我几乎在世界上每个国家都丢过一块表，沙滩上、酒店里、餐馆里。但是我不在乎，反正每个地方的时间都不一样，对不对？"

"嗯，对，但是……"我不知道该怎么回答。

"那77个小矮人都去哪儿了？"乔纳森边问边四处搜寻。

"和他们相处了两天之后，我眼睛里只有小矮人了。"爸爸说，"办公室里、公园里、马路上，我甚至想，我的生活里除了小矮人没有其他东西！"

"我每天都梦到小矮人！"妈妈叹了口气，"有一天夜里我醒了，想过去看看马克斯睡得如何，结果发现他变成了一个小矮人，因为我在他的床上只找到了一个小矮人。当时真把我给吓坏了！其实那会儿马克斯正在厨房里喝水，而他床上只有那个美梦小矮人！"

"所以我们把小矮人们送去度假了！当然，是暂时的!"爸爸有些抱歉地说。

"度假是好事。"乔纳森说,"不过,去哪儿了呢?"

我拉着他的手,"来,我带你去看!"

我带他到我的房间,77个小矮人都在那里。他们都被摆放在一个书架上,这可是妈妈特地为小矮人们买的。在他们背后,蓝色的大海闪耀着光芒。

"嘿！"乔纳森激动地喊道，"你把大海都搬到房间里来了！"

前两天，我正好在挑选新壁纸。现在书架后的这面墙上能看到各种小船和鱼类，而其他墙面依旧是白色的。

"我还可以在墙上画画。"我骄傲地跟乔纳森说。

他点了点头，"好主意！"他一边说，一边把几个小矮人的头转向大海的方向，"可是当你想睡觉的时候，不觉得海浪的声音有些大吗？"

我想了想。"不觉得。"我说，"一点儿也不。我现在甚至睡得比以前更好了！"

"小矮人们也能看到好风景！"乔纳森说。

午饭过后，乔纳森从他带来的那两个旅行袋中拿出一本厚厚的书。

"我跟你说过我是个摄影师，对吧？"他问我。

我点头，"我知道。可是，你都拍些什么呢？"

"比如说，鸟巢！"乔纳森说。

他把书在厨房的桌子上摊开，那是一本关于鸟类的图书。

"这个世界上有一些小岛,上边栖息着珍稀的鸟类。我们需要到岛上去,找一个离鸟很近的地方才能拍到。"

"你们怎么拍呢?"我问,"鸟难道不是有人来,马上就会飞走吗?"

"你得非常有耐心,在沙地上安静地坐上几个小时,或者躲到岩石后边。这可是件苦差事。"乔纳森说,"但是如果你运气好的话,就能看到最漂亮的鸟和最漂亮的鸟巢!"

我翻开这本书,照片拍得很棒。人们可以看得很清楚,鸟巢是由羽毛、草和一些破布条搭起来的。

"鸟儿们把找到的一切东西都衔回来。"乔纳森说,"你们知道吗?我爱死鸟巢了!我们人类就很少给自己搭一个舒服的窝——温暖、柔软、舒适!所以我想,我们必须搭一个!当然,当外边天气不好,像今天似的又冷又潮湿的时候,有这样一个公寓也不赖,但是有个鸟巢会更好!"

"那应该怎么筑巢呢?"我问,"我们又不能到处飞来飞去地找材料……"

"其实,我已经到处飞过了。"乔纳森说着把两个旅行袋里的东西都掏了出来——旧床单、动物的毛、夹克,还有大树枝、小树枝和一捆干草。

乔纳森把客厅都摆满了。

"救命啊!"爸爸喊道。他虽然是笑着说的,但声音听起来却很不安。

"这是要做什么,乔纳森?"妈妈问。她的声音听起来有点儿沙哑。我知道,一般只有她生气了或者觉得不舒服的时候才会这么说话。

"要搭一个鸟巢啊!"乔纳森平静地说,"但是我们不一定非要在客厅里搭!来,马克斯,我们去你的房间。你愿意帮我吗?"

我们抱着床单、夹克和大大小小的树枝一起走进了我的房间。

"只有当我们叫你们的时候,你们才许进来。"乔纳森说完,把门关上了。

我们搭了一个漂亮而柔软的窝。我把我的靠垫、床单也拿来了,还有我的旧夹克、毛衣和几条裤子。最后,我把所有的毛绒玩具也放在了上面。

国际大奖小说

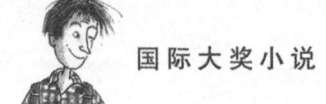

整个房间突然看起来像一个巨大的鸟巢。乔纳森还带来了一盒磁带,里面是世界各地鸟儿叽叽喳喳的叫声。我们坐在属于自己的鸟巢里,尝试着和鸟儿们一起欢叫。

乔纳森学得特别像,听起来几乎就跟真的鸟叫一样。

当我们沉浸在美妙的叽叽喳喳声中时,爸爸妈妈正在门口探头探脑往里看。爸爸叹了口气,妈妈清了清嗓子。

"你们需要……什么东西吗?"他们问。

"啾啾,"乔纳森说,"来点饼干怎么样?啾啾。"

"这个可以有!"爸爸说,"你们还要啾啾多久?"

"真是太舒服了!"我说。

"现在你们就差孵蛋了!"妈妈小声说。

乔纳森从窝里跳了起来,"我差点儿给忘了!"

他跑到客厅,拿回了三个白色的蛋,"忘在袋子里了。这不是什么特别的鸟蛋,只是普通的鸡蛋,但毕竟也是蛋……不过我们得当心,这可是生鸡蛋!"

他把三个鸡蛋放到鸟巢中间。

我记不太清楚后来都发生了什么。但是当爸爸拿着饼干罐子走进房间的时候,突然一声巨响,妈妈摔倒了。她还来不及吱声,就一下子倒进了漂亮柔软的鸟巢中间。

然后,我们可以清楚地听到,蛋壳在她身后碎裂的声音……

她有几秒钟失去了知觉。当我们一起把她扶起来的时候,她脸色惨白。红色连衣裙的后背上,可以清楚地看见黄色的黏液。

爸爸惊恐地看着她,立马坐到她身边。

"既然我们都落到鸟巢里了,那就在这里待会儿吧!"

妈妈终于疲惫地说:"你们不觉得吗?"

"绝对正确!"乔纳森说着吻了下妈妈的面颊,又抓了抓爸爸的头发。

"哦,真的!"他说,"我觉得你们俩特别般配,十分可爱!尤其是当你们没那么严肃的时候,我特别喜欢你俩!"

"我也是!"我说,"现在由小朋友给大人喂食吧!"

我在大人们当中爬来爬去,给每个人嘴里都塞了一

块饼干。然后，我们四个坐在舒适的鸟巢里，听着磁带里不同种类的鸟儿们竞相啁啾的声音。

第四章

客厅里的沙漠

接下来的这个星期天,当门铃响起的时候,爸爸立刻发出了警报:"大家注意了!"他满意地看了眼盘子里的煎肉排,嘟囔着说,"这家伙几乎要准时了!居然只迟到了七分钟!"

门铃又响了一次。我急忙奔向门口。乔纳森叔叔站在门外,他旁边有两个塑料袋。细小的黄色沙子从他头发里散落下来,他黑色的大衣上闪着沙子的金光,看起来就像刚刚在沙坑里玩过一样。我现在对他的所作所为已经适应了,但还是觉得有些意外。

"今天给你看戈壁沙漠!"乔纳森说。

细沙子在楼道里撒了一地。

"进来!"我说,"你今天演谁? 沙漠酋长?"

"我们都是沙漠之子。"乔纳森说。听起来他好像没开

玩笑,我不确定地看着他。

"什么意思?你拖着这些大塑料袋里装的都是什么啊?"

"沙漠啊!"乔纳森说,"袋子里装的是地球美丽的一角!"

我对乔纳森说的话将信将疑。

他进门脱了鞋,抖了抖。小沙砾散落下来,在地毯上堆成一小堆。

妈妈走进前厅。"你怎么了?"话音未落,她就把乔纳森推进了浴室里。

爸爸坐在厨房里,正在吃最后一块煎肉排。

"乔纳森怎么了?"他问。

我正盘算着怎么把沙漠的事告诉爸爸,乔纳森和妈妈已经走进了厨房。

"哥哥,你做的什么?好香啊!"乔纳森说着在桌旁坐下。

他胃口很好,吃得很香。当妈妈把他的盘子再次装满的时候,他的双眼闪耀着喜悦的光芒。

吃完第三盘煎肉排配米饭后,他说:"今天我把戈壁沙漠带来了!"

爸爸目不转睛地看着他,好像没听清他说什么一样。"你刚说的是沙漠?"

我很快加入谈话。"我房间里现在还留着鸟巢呢!"我骄傲地说,"这个星期我都在里边坐着,至少时不时去坐一下。"

"很高兴听到你这么说。"乔纳森说,"这个鸟巢确实挺舒服的!"

"我们实在没地方再弄个沙漠了……"妈妈嘟囔着。

"没问题!"乔纳森说着跳了起来,"你们这个漂亮的大客厅可以做什么?当然是用来展示戈壁沙漠啦!"

在遭到反对之前,乔纳森已经把黑色塑料袋拿到了客厅。他从里面拿出一卷透明薄膜,小心地把它展开。"结实!"他骄傲地说,"绝对扯不破!"

接着他把带来的沙子倒了出来,沙子闪着金色的光。他站在客厅中央,看上去陌生又不真实。

"他竟然就这么把沙子倒在客厅的地毯上。"爸爸在我身边低声说。我看到他的额头上冒出了汗珠。

"乔纳森，"妈妈说，她的声音小得几乎听不见，"乔纳森，你不能这么干！"

乔纳森镇静地脱掉裤子和衬衣。

"别担心！"他说，"塑料薄膜能保护地毯。至于那些沙子，我会再带走的。也没有那么多，只够让大家对沙漠有个大概的了解。来，我们一起坐在沙丘上！"

他用手把沙子堆成一个小沙丘。

爸爸，妈妈和我目瞪口呆地站在那里，看着我叔叔穿着内衣内裤，坐在地板上玩沙子。

"我们必须拿几盏灯来。作为光源，像太阳一样。因为沙漠里很热。至少白天是这样的！"乔纳森说着跳了起来，在整个公寓里到处找可以摆在这里的灯。

爸爸叹了口气，无奈地坐在客厅的沙发里。

妈妈默默地站在前厅镜子前，慢慢地梳着头发，看起来好像是影片的慢镜头。

"你会晒伤的！"当我看到乔纳森拿着三盏灯和一个接线板走进客厅时，我告诉他，"沙漠里的阳光太强了，你必须做好防护措施！"这是我在一本书里看到的，"你需要戴头巾，穿长袖衣服。否则阳光会把皮肤灼伤的！"

乔纳森欢叫着跳到我身边，"马克斯，你太棒了！你百分百通过了沙漠测试。当然，你说得有道理，保护措施非常重要。在沙漠里必须要小心。沙漠是存在的！每个孩子都知道。沙漠里有蛇，有蝎子，还有……"

"够了！"爸爸喊道，"你把沙漠带到我们客厅里来就够了。别告诉我，你还带了什么有毒的动物来！"

"绝对没有！"乔纳森说。他看上去很镇定，爸妈的坏情绪完全没有影响到他。

他又穿上了裤子和衬衣，裹上一件他从浴室里拿来的爸爸的浴袍，满意地坐在沙子里。

我把沙堆旁地毯上的灯都打开，坐到乔纳森旁边。妈妈一言不发，铺了条毯子坐到沙子上，爸爸也从沙发上溜了下来。

"戈壁沙漠！"乔纳森说。听起来像是一个很长的演讲标题，但是他没有接着往下说。

我们冲着晃眼的灯光眨眼睛，抓起一小把沙子让它

国际大奖小说

在指缝间慢慢滑落。沙子摸起来很凉爽。

"戈壁沙漠,然后呢?"爸爸问道。

"没有然后了。"乔纳森说,"沙漠就在这里。这是我从一次旅行中带回来的沙子!我只是想让你们看看,沙漠里能有多么寂静。你坐在那儿,觉得天地交融在一起。地面升高,天空降低,它们在某处融汇到一起。当你晚上坐在沙漠里的时候,会觉得天空就在你的头顶,星星离你那么近,仿佛伸手就能摘到一样。上百万颗星星在你头顶闪耀,你能想象吗?"

我看了看客厅里的柜子、电视机和壁纸,想象不出戈壁沙漠真正的样子。

"你在沙漠里都干什么了?"我问。

"拍摄宁静。"乔纳森说,"还有广漠和空寂。你只能看到黄沙和天空,但你还是忍不住想看!"

乔纳森说,沙漠中也有能开花的树,还有一位骑着骆驼的老人。他好像七十年没有说过话了,但在沙漠中突然大声说了一句:"我渴了!"

在听有些故事的时候,爸爸妈妈露出疑惑的表情,我也将信将疑,但还是很乐意听他讲。

不知道什么时候,他从夹克口袋里拿出一盒磁带。

"又是鸟叫吗?在沙漠中央?"爸爸问。

"不是,是笛子演奏的音乐!"乔纳森说。

这乐曲让我们觉得躺在沙漠里很舒服。我们惬意地看着沙子在皮肤上闪着光。

我闭上眼睛,想象自己是一个骑着骆驼的王子,和爸爸、妈妈、乔纳森叔叔一起带着随从穿越沙漠。

笛声让我十分放松。不知道什么时候我竟睡着了。

当我醒来的时候,乔纳森和爸爸妈妈已经坐到厨房里了。他们觥筹交错,又在吃饭了。

客厅里的沙漠!我喜欢它。有一天我一定要看看真正的沙漠,我在这一刻暗下决心。

我用手堆起几个小沙丘。

乔纳森带来的塑料薄膜早已被扯得千疮百孔了。客厅的地毯上到处都是沙子。

"沙漠也有生命!"我小声说。

然后我走进了厨房。

第五章

粉笔钢琴

接下来的星期天是爸爸给乔纳森叔叔开的门。"这次你不能把沙子、鸡蛋、树杈或者小矮人带进房间了,知道了吗?"他说。

乔纳森安静地站在门口,他没有带箱子,没有带塑料袋,没有沙子,也没有小矮人,只是友好地看着爸爸。

"星期天好,哥哥!"他说,"今天我空手来的,什么都没带。"

"可我还是有点儿担心!"爸爸叹了口气,"来,你进

来吧!"

其实我之前也有点儿担心这个星期天的到来,因为上次乔纳森来过之后,爸妈的心情至今都没有平复。

那层"结实的"塑料薄膜——也就是上周乔纳森把戈壁沙漠倒上去的那个——所有的边边角角都被扯破了,细小的沙砾从缝隙里漏了出来。爸妈为此忙活了一个星期:吸地毯,在院子里抖地毯,再吸,再抖……

妈妈在花盆里发现了沙子。爸爸声称,厨房里到处都是沙子,吃饭的时候都能听到嚼沙子的声音。

戈壁沙漠给我们带来了很多活儿。就在乔纳森敲门的前一刻,爸爸还在客厅里四处爬,清除地毯上闪闪发光的沙子。

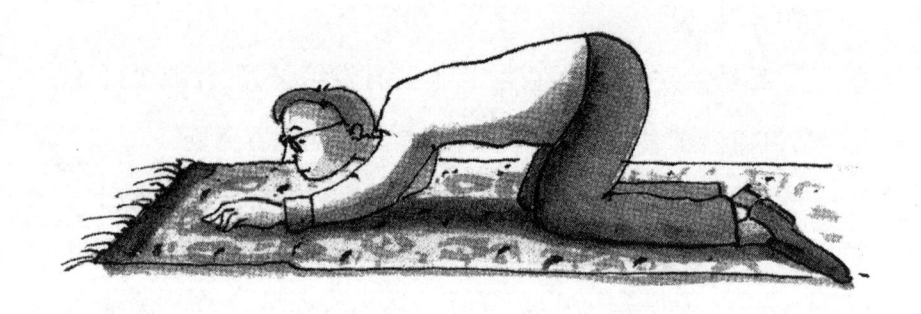

"没有沙子,没有小矮人,没有鸡蛋!我保证!"乔纳森对妈妈说。她松了口气。

"真可惜。"我说,"那我们今天做些什么呢?去郊游怎么样?"

"我今天很累。"乔纳森说,"我想待在家里。你们觉得可以吗?"

爸爸妈妈点点头,而我却非常失望。

"不能去郊游吗?"我问道。

我看起来肯定很不高兴,乔纳森把手放在我肩膀上,说:"下个星期天,我让你看看怎么和风赛跑。"

"和风赛跑?"我怀疑地问,"可是,如果没有风怎么办呢?"

"那么这个比赛它就输了。"乔纳森说。可我一点儿都听不明白。

"我们需要一点儿风,你等着瞧吧,下个星期天一定会像我们所期望的那样刮起大风的!"

"你完全可以相信乔纳森叔叔。"爸爸在一旁插话,"风、雨、太阳——对于天气他简直了如指掌。他身上装了

一个看不见的感应器,能告诉你天气的每个变化。当我们还是小孩子的时候,他就是这样。如果乔纳森说明天要下雨,那第二天就真的会下雨。你等着瞧吧,下个星期天肯定会刮大风的!我只希望,你们和风赛跑不会出什么危险!"

乔纳森摇摇头说:"一点儿危险都没有,而且,你们都要参加。我还需要有人当裁判,这样风才不会耍赖!"

吃过饭后,我们一起坐在客厅的沙发上。

"咦,那还有点沙子在发光!"乔纳森指着地毯,高兴地喊道。

爸爸的眼睛眯了起来。

"亲爱的弟弟,"他说,"上一次你也看到了,你那结实的塑料薄膜一点儿也不结实。当我们试着把沙子装回你的塑料袋的时候,几乎不可能,因为沙子撒得到处都是。戈壁沙漠!你还记得吗?"

他的声音带着危险的低音,但我不是很确定,他是真的生气了,还是故意这样说的。

"对,对!"乔纳森很高兴地说,"到处都是沙子,就像生活在沙漠里。离开的时候,我的袋子大概只有来时候的一半沉。"

"一点儿不奇怪。"妈妈说,"我大概扫出来好几公斤的沙子,之后又在屋子的各个角落发现了更多的沙子。"

"设想一下,到处都是沙子!"我兴奋地讲着花盆里、爸爸拖鞋里,还有厨房锅子里满满的沙子。

爸爸开始到处挠,在椅子里来回滑动。

"我现在还觉得到处都是沙子。"他说,"头发里,衬衫里,指甲里,到处都是!"

"对,沙漠,是个迷人的东西,会在我们的记忆里留存。"乔纳森若有所思地说。他的思绪飘远了,肯定飘到了戈壁沙漠,而不是跟我们一起待在客厅里。

"我很高兴你今天没带什么东西来。"爸爸说。

"啊,我差点儿忘了!"乔纳森拍了拍他的裤子口袋,"我给马克斯带了一个小礼物,特别小的礼物!完全无害的!"

他走到前厅去拿他的夹克。当他回来的时候,手里多了个白色的东西。

"这是什么?"我好奇地问。

乔纳森把他张开的手掌递给我,手上有一支粉笔。

我不知道该说什么了。

"嗯……"我说。

"这是粉笔啊。"妈妈说。

这听起来几乎是一个问题。她想知道乔纳森仅仅拿一支粉笔想做什么。

"完全正确,这是一支粉笔!"乔纳森得意地说。他坐在那儿,将小小的白色粉笔高高举起。我们像看魔术一样盯着它看,仿佛乔纳森现在就会把这个小小的白色家伙变成什么别的东西。

什么也没发生。

乔纳森骄傲地拿着粉笔,我们面面相觑,困惑地耸了耸肩。

"嗯。"我又重复了一遍,"这有什么特别的吗?"

"这个问题好,问得很合理。"乔纳森说,"粉笔可以用来在黑板上写字,对不对?"

我点了点头。我当然知道了,毕竟在学校里天天见。

"但是——"乔纳森做了个长长的停顿,"但是这支粉笔还可以演奏音乐!"

估计爸爸妈妈也和我一样有点儿恍惚了,我以为我没听清楚。

"演奏音乐?用粉笔?"

我难以置信地看着乔纳森。

他跳起来,"我演奏给你们看!你们只要给我帮帮忙就行了!"

乔纳森花了一些工夫,劝说我爸妈把地毯卷起来,把客厅里的家具挪到一边,还把其他挡路的东西挪走。

"一个好乐队需要空间!"他说。

终于,所有的东西都挪到了角落里或者搬出了房间,客厅中央现在有足够的空间。

"在这样的深色木地板上可以很好地演奏音乐。"乔纳森说。

我还是不知道他葫芦里到底卖的是什么药。

"嗯,我了解我的乐器。"他哼哼着,开始在地板上画画。他用粉笔快速地画了几道。看起来不太清楚,但一会

儿我就认出来,他在地板上画的是什么了。

"这是架钢琴!"我喊道,"那些是琴键!"

乔纳森点点头,"没错!现在问题来了。你模仿得最好的乐器是什么?"

"你什么意思,模仿?"我问。

"对,用嘴和手。我画出乐器,然后我们一起演奏,假装我们是城里最好的乐队!对了,你想演奏哪种乐器?"

"小号。前几天我在电视里看到了一个小号手。他即使没有小号也能吹,用嘴巴,像这样!"

我把嘴唇紧紧地闭在一起,好像自己在吹小号。听起来还不错。

"考试通过了!"乔纳森兴奋地说。

他在地板上又画了什么,看起来更像个喇叭而不是小号。

"有请下一位!"乔纳森转头看向妈妈。妈妈毫不犹豫地说出了:"打击乐!"

爸爸吃惊地看着她,"打击乐?你喜欢打击乐?"

"我还是小姑娘的时候就喜欢打击乐了。"妈妈说,

"但我总是听说:这是属于男孩子的乐器。我常常希望把所有的烦恼都敲打出去。我以前特别喜欢听很吵的音乐。那是发泄的好方式!"

乔纳森画了几个圆圈、一个鼓和几根鼓棒。

"这只是为了你们能更好地想象。"他解释道,"当然,你们需要自己演奏!"

"次次次咚咚嘣,次次次咚咚嘣……"

妈妈开始有节奏地唱着,听起来真的很像打击乐,不过更像是平和、有节奏的打击乐,但这也许仅仅是热身而已。

爸爸把衬衣袖子卷起来。"我想要把大提琴!"他说,"它能拉出一种庄严、浑厚、饱满的声音,那是最纯洁的心灵按摩。大提琴有世界上最美妙的声音!"

"您想要的,我们来演奏!"乔纳森边说边画了一个带弦的乐器,看起来像个巨大的鸭梨。然后他又画了一张弓,看起来像印第安人用的那种。

接着他画了一个小三角。"这个是三角铁!"他说,"你们也知道,这个银色的三角形声音很大!如果有人不感兴趣,或者不想继续在乐队演奏了,就敲一下它。当然,要所有人都能听到才行。"

他在粉笔画的三角铁上敲了敲,大声喊:"砰!"

我们哑然失笑。

"类似这样……或者别的方式,大家按自己的方式来演奏!"乔纳森有些害羞地说,"我更擅长弹钢琴!"

我们都坐到自己想要的乐器旁。

乔纳森说:"一、二,一、二、三、四……"然后他给了一个手势,我们就开始吹奏起来:有嗡嗡声,有哼哼声,有隆隆声,还有吱吱声。在这场演奏中,各种声响都跑了出来。

乔纳森一边在他的钢琴键盘上弹奏,一边发出声响,像是有什么东西在琴键上快速地掠过。爸爸发出低沉的大提琴声,妈妈则一直在"咚次打次"。

我吹着小号,直到气喘吁吁。我敲了敲粉笔三角铁,尖声叫道:"砰砰砰!"

所有人都停止了演奏。

"开头相当不错!"乔纳森说。

"但是现在,我们也许应该演奏一些我们都熟悉的曲

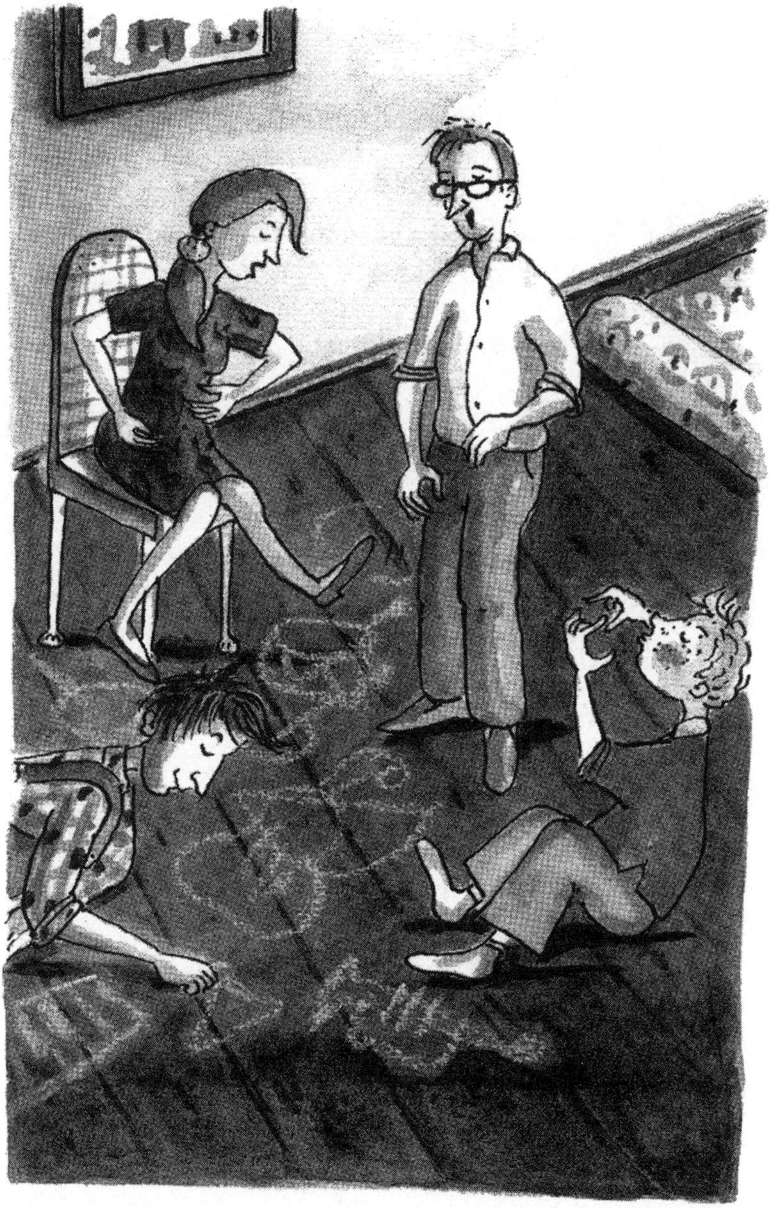

子。比如《狐狸啊,你偷了鹅》怎么样?"

"为什么不呢?"妈妈说。

爸爸和我点了点头。我们都对演奏产生了兴趣。

乔纳森又开始数"一、二、一、二、三、四",然后我们开始演奏。听起来真的就是《狐狸啊,你偷了鹅》。

这回没有人敲三角铁了,我们把整首曲子都演奏完了。爸爸妈妈鼓起了掌。

"听起来真不错啊!"爸爸说。

他的脸很红,可能是因为太激动了,也可能是因为拉大提琴和吹小号一样费劲。

我们兴奋地把所有喜欢的儿童歌曲都演奏了一遍。

然后我们试着演奏一些圣诞歌曲,最后又演奏了一些流行歌曲,都是我从收音机里听来的。

当我坐在地板上,用粉笔小号演奏的时候,我看着爸爸妈妈和乔纳森叔叔。

乔纳森叔叔坐在地板上,闭着眼睛在演奏飘浮在空气中的琴键。他看上去真的很开心。

妈妈则坐在一把椅子上。她盯着地板上的一个点,专注于她的节奏。

爸爸站在他那鸭梨一般的大提琴旁,闭着双眼,沉醉其中。

在这一刻,我第一次看到了乔纳森叔叔和爸爸的相似之处。我为此兴奋不已。因为太兴奋,我竟把吹小号的事忘得一干二净。

很晚的时候乔纳森才离开,房间又被彻底打扫了一遍。粉笔画都被擦干净了,家具摆回到原来的位置,地毯也重新铺开了。

"我现在其实是坐在乔纳森的钢琴上。"爸爸说。

"我坐在你的打击乐器上。"我对妈妈说。

妈妈看着地板,想了一小会儿。然后她冲我们两个笑了笑,高声叫道:"砰砰砰!"

第六章

和风赛跑

当乔纳森叔叔不在的时候,我的脑子里总会闪过成百上千个问题:为什么他只有在星期天才来拜访我们?他到底住在哪个朋友的家里?在美国的时候,他是怎么生活的?他还单身吗?他有妻子和孩子吗?他在美国认识很多人吗?

可是,每当星期天到来的时候,这些问题就嗖的一下子全都不见了。就好像有人用黑板擦擦过黑板一样,什么都看不到了。我只要一打开门,看到他,就只剩下兴奋了。

然后当我想起这些问题的时候,他却已经又一次地消失了。

从爸妈那里,我也得不到任何信息。

"你得自己去问乔纳森叔叔。"爸爸总会这么说。或者,他会歪着脑袋思考一会儿,然后嘟囔着说:"这些问题不太好回答。你还是自己去和他聊聊吧。"

而妈妈总是想把我的注意力转移开,当我问起关于乔纳森叔叔的事情:为什么乔纳森叔叔和爸爸几乎不怎么见面?为什么他们俩看起来那么不一样?为什么乔纳森叔叔总是那么独特,和我认识的人似乎都不太一样?完全没有答案。我有时都怀疑,妈妈到底是不是认识他。

她经常会避开我的问题,然后说一些类似"这个不是两三句话可以说清楚的"之类的话,就继续去做她的家务了。总之,从她那里,我任何答案也没有得到。

"反正还有很多个星期天,总能找到时间去聊天儿的。"我安慰自己。不过有一点我敢肯定:我这个骨瘦如柴却又和蔼可亲的乔纳森叔叔,一定藏着一个大秘密。我这个神奇的叔叔,一会儿出现,一会儿消失,不可能没有人去议论些什么。没有任何人去解释他的行为,这本身就很奇怪。我相信这些答案不会只是飘浮在空气里,它们一定会出现。有时当我上学的时候,我会忽然有一种感觉:这一切都是在做梦。我有一个从美国回来的叔叔,他在我的房间里放了那么多小矮人,他把沙子撒在客厅里,这一切都不真实。可是当我回到家里,我立刻就平静了下来。因为在我房间的书架上确实站着77个小矮人,他们在友好地注视着我。在客厅里,我时不时地能踩到细小的沙子。而在储物间里,也还堆着那些从鸟巢上散落下来的树枝。

是的,我完全不用怀疑,乔纳森叔叔是真实存在的。

我已经完全等不及了,我期待着他再次出现在我家门前按响门铃。

但是这一次,我肯定,我不会让他先开口说话。我要先把那上千个问题一股脑儿问出来。

当星期天中午门铃响起的时候,我深深地吸了一口气。盘问即将开始!我打开门,乔纳森叔叔站在门外。他头上戴着一顶大檐帽,手里还拿着五顶帽子。这些帽子叠

在一起，他用双手捧着。

"你拿这么多草帽来干吗？"我问道。这些帽子看上去破旧不堪，上面全是洞。

"我知道。"乔纳森似乎察觉到我在想什么，"这些帽子都不是新款。可是我在很多年以前买下它们的时候，这个样式还是很新潮的。"

"你要用它们做什么？"我问。

"给你一顶，你爸爸一顶，你妈妈一顶，我留一顶。剩下两顶就当备用的好了。"

我目瞪口呆地站到一旁,让乔纳森叔叔进屋了。他再次成功了。我所有的问题都被抛在了脑后。我只是好奇地看着这些草帽,和我那个穿着厚厚夹克的叔叔。

"正如我之前预料的一样,外面马上就要刮大风了。"乔纳森对我爸妈说。而他们正和我一样,死死地盯着那些帽子。

"乔纳森,"妈妈的语气听上去带着一丝警告的意味,"你今天又有什么新花样?我们今天可不会陪你玩这种扔帽子的游戏。另外我要告诉你,我刚做过头发。你觉得我的新发型看上去怎么样?"

我妈现在留的是短发,而且颜色看上去比之前要稍微红一点点。

"比之前看上去好多了。"乔纳森一边说,一边给了她一个贴面礼,"你如果可以再稍微仔细地吹一下,看上去会更好一些。"

爸爸看上去有些迟疑,他似乎想到了什么。"我好像记得,"他说,"你上周似乎说过,今天要和风进行赛跑之类的话。"

"说对了！所以我们才需要这些草帽。"乔纳森说着拍了拍爸爸的肩膀，"你们准备好了吗？我们需要的所有东西，其实就是一块草坪，再加上一个真正的大风天。"

过了一会儿，我们终于明白了，乔纳森是希望大家一起到城外的草地上去郊游。我们应该穿得暖和一些，并且保证不要被风吹倒了。

我们开着车，前往一座瞭望山，那上面有一块很大的草坪，人们可以在上面踢足球或者是打羽毛球。有时候天气不错的话，我们星期天也会到这里来。爸爸妈妈大多数时候是躺在草坪上睡觉或者看报纸。

今天的天气虽然看上去不怎么好，可是也丝毫没有要刮风的意思。

"耐心地等一会儿。"乔纳森说，"在城里的时候，我已经感觉到它的存在了。从城里到这里，它还需要走上一阵子。过不了十分钟，这里就要开始刮大风了。到时候咱们都得用双手抓住彼此，才能保证不被吹跑。"

乔纳森在草地上奔跑着，将一些大石头摆放在不同的位置上。

"这里是起点。"他解释说,"那儿,石头排成一排的地方,就是终点。一会儿等风从这边刮过来的时候,我们就要从这个起点出发,往那个方向跑过去。"

他给了我们每人一顶帽子,不过这些帽子对我们来说,实在是太大了。

"我的这顶也很大。"乔纳森说,"游戏就是这么要求的。我从小买的帽子都会很大,因为只有这样,风才能把帽子吹起来。当我还是一个小学生的时候,我就开始和风赛跑了。可惜的是,每次到了学校门口我都不得不走进校园上课,否则我想我会跑到很远很远的地方去。"

"确实如此。"爸爸说,他的帽子已经把耳朵都给遮住了,"你说这些的时候,我又想起了一些事情。你小时候经常买一些很大的帽子戴着,而且你经常去买新的,因为你总是把帽子搞丢。"

"大多数帽子我后来又都找回来了,不过那都是很久以后的事情了。有时候风跑得的确是比我要快不少。"

乔纳森开始给我们讲解规则。

"我们一个一个来,其他人负责当裁判。参赛者站在起跑线这里,耐心地等着风刮过来,要那种真正的大风。当它把你的帽子掀起来的时候,就意味着它要和你开始赛跑,并赢得比赛。这个时候你就要想尽一切办法,跑也行,跳也行,你要想办法把帽子给抢回来。如果在终点线之前你把帽子抓住了,那么你就赢了,反之则输掉了比赛。大家都明白了吗?"

妈妈戴着这顶大大的帽子,看上去像一个园艺工人。不过帽子实在太大,都遮住了她的鼻子。

"我什么都看不见,完全不知道该往哪儿跑。"她说。

我们都笑了起来。"我也看不见!"我的帽子已经遮住了我的嘴巴。

"当风把你们的帽子抢走以后,你们就可以看得一清二楚了。"乔纳森说,"你们一定要看清楚风的跳跃性。有时候风会逗你玩。它让帽子落在地上,等你以为你很容易就能抓到帽子的时候,它就又飞走了。"

"现在就差你说的大风了。"爸爸说,"否则我们这个锻炼身体的小游戏,只能是纸上谈兵。"

"它一会儿就到。"乔纳森十分肯定,"好吧,谁先来?"

大家都在第一时间把手指向了我。

"那好吧!"我站出来,走到代表着起点的石头旁。这块草坪很长,终点看上去还是挺远的。

"大概得有六十米。"乔纳森说,"你一定可以做到。准备好了吗?我觉得比赛马上就要开始了。"

乔纳森说对了。忽然一阵大风吹过,我头上的帽子被吹到了空中。我之前也设想过会是一种什么状况,可是这风居然这么有力,完全超出了我的想象。

"嘿,马克斯,别考虑那么久!"妈妈大声对我叫着,"开始进攻!"

我开始出发了。跑了几米之后,我忽然一个趔趄,差点儿摔倒在地。但是我马上站直了身体,开始继续奔跑。

"跳,跳起来,抓住它!"我听到乔纳森的喊声。

草坪的一角躺着几个人,当我从他们面前跑过的时候,他们都瞪大了眼睛看着我。我的帽子就在前面,风把它简单地扔在了地上。这是计谋吗?我气喘吁吁地站在那儿,上气不接下气,心脏跳得跟疯了似的。我像一个真正的守门员那样扑在了帽子上,嘴里喊着:"我拿到啦!"

"太棒了,太棒了!1:0!"我听到了乔纳森的欢呼声。爸爸妈妈也在那边大声叫好。

我拿着帽子,缓缓地走回起点。躺在草坪上的那一家人像看一个疯子似的看着我。他们会怎么想呢?我内心窃喜。他们一定感受不到这个游戏带给我的乐趣。我像一个奥运冠军一样,赢得了其他人的掌声和尖叫。

"这个开局太漂亮了。从心理上来说,这场胜利十分重要。"乔纳森说,"它鼓舞了整个队伍的士气。"

接下来是爸爸。但是忽然之间,一点儿风都没有了。我们等了足足半个小时,才再次感受到风慢慢猛了起来。他还没来得及出发,天上就开始掉雨点了,紧接着狂风大作。

"雷阵雨要来了。"妈妈说。

"我们还有时间,还可以再跑几个来回。"乔纳森这么认为。他把爸爸推到起点前,大声叫着:"注意啦!现在双手放开帽子!"

当我们正紧紧抓住自己帽子的时候,爸爸的帽子已经飞到了空中,往草地的另一边飞去。而爸爸则在后面拼命追赶。我从不知道,原来爸爸可以跑得如此之快。

踢足球的时候,他总是懒懒地站在那里,几乎不跑,现在却飞奔起来。不过他不可能抓到帽子了,因为又一阵风吹来,把帽子吹得更高更远了。爸爸停了下来,一直看着远去的帽子。

乔纳森用双手比划出一个喇叭的形状。"1:1,平局!"他对着爸爸喊道,"这一局,风赢了。准备开始下一轮比赛!"

爸爸有点儿垂头丧气地回来了。

"现在帽子属于云彩了。"他说。

"没事,我们还有备用的帽子呢!"乔纳森又给了爸爸一顶帽子。

"但是那顶帽子,"我说,"它不见了。"

"我们要敢于接受失败。"乔纳森说,"最开始是你赢了,接下去是风。这不是很正常的事情吗?你说呢?"

"他说得对。"妈妈一边说,一边摆了一个准备出发的姿势,"我会为我们重新赢回荣誉!"

风力变得更强了。我紧紧地靠着乔纳森。

"好了,出发!"他叫起来。妈妈把手松开,让帽子飞起来,而就在这个瞬间,她已经跑了出去。风把妈妈的帽子吹得像一个奔跑的轮子,在草地上飞驰。

就在快要到达终点之前,妈妈完美地一跳——然后,我们听到了欣喜的欢呼声。她拿到帽子了!

我们也欢呼雀跃。爸爸首先拥抱了我,接着是乔纳森叔叔,然后他张开双臂向妈妈跑过去。他一定非常自豪,因为妈妈做到了这件事情,也许是因为妈妈的成功挽救了他的荣誉感。

看到爸爸妈妈在草地上欢呼的样子,我觉得特别开心,因为我已经很久没有看到这样的场面了。

天空开始下雨了,雨点滴滴答答洒落下来。

乔纳森站在起点高喊:"风啊,我打赌我会比你跑得快,拿到我自己的帽子!"帽子被风吹到了空中,乔纳森在后面追赶着,可就是够不着帽子。好几次,我都觉得他要抓到了,但是帽子忽然又飞高了一些。直到帽子被风吹过了终点,最终落在了草坪后面的河里,然后顺着河水漂走了。

乔纳森站在那儿,冲着帽子挥了挥手。

"2:2!"他冲我们喊道。

雨越下越大了，我们赶紧跑进了车里。

我们舒适地坐在车里，手里拿着剩下的四顶草帽，听着雨点拍打车顶的声音。大风把车子吹得有点儿摇晃。这么大的暴风雨，我已经很久没有看到过了。

"差一点儿就赢了！"爸爸叹了口气。

"我觉得，平局是非常公平的。"乔纳森说，"如果风时不时也能赢上我们两局，这是一种非常不错的体验。"

妈妈把帽子摘了下来，"我也这么觉得。最棒的是，我们呼吸到了新鲜的空气，而且玩得特别开心！"

乔纳森用手理了理妈妈的头发，"你的发型现在看上去更漂亮了!"

"可是我们丢了两顶帽子。"我说。

爸爸笑了,"但是我们却因此多了好多个红脸蛋儿。"

我转着脑袋看了一圈。

三个红扑扑的脸蛋儿围在我周围,这里面还没算上我自己的呢!

第七章

深海潜水员

接下来的星期天,乔纳森叔叔同样让我大吃一惊。当我打开门的时候,首先看到的是一副巨大的潜水眼镜和一根浮潜管子。

"你从哪儿来的啊?"我问。

乔纳森说了一大堆,但我一个字也没听明白。他从嘴里取出浮潜管。

"欢迎到船上来!"他说。

"天哪!"爸爸在我身后叫道,"乔纳森想把房子弄到

水里。"

尽管他心情不错,可还是被乔纳森的潜水镜和浮潜管吓了一跳。妈妈这时也走到了门口。

"不。"她说,"不,不,不。我们可不想往房间里灌水,也不想在客厅里开潜水课。浴室不行,厨房不行,儿童房也不行,还有……"

乔纳森笑容满面地看着我们。

"唉,你们太轻易就下结论了。"他说,"难道你们害怕这么普通的一副潜水镜吗?"

"那倒不是。"爸爸说,"我们只是有点儿怕你和你的点子。但你还是进来吧,不管你愿意戴着还是取下潜水镜。希望你没有带水过来。"

爸爸往楼道里四处看了看,"好的,没看到大海。没问题。"

乔纳森笑呵呵地站在前厅里,"你们太搞笑了。因为一副小小的潜水镜就这么激动。"

"你准备用它做什么?"我问。我仿佛已经看到了我和乔纳森在浴缸里竞相潜水的画面。

"为了写一篇珍稀鱼类的文章,我两个月后会和一帮潜水员一起出发,去加勒比海的某个地方。我现在就开始期盼这次旅程了。我想,今天我们可以稍微练习一下。"

"练习什么?"妈妈问。她已经做好了最坏的打算。

"嗯……看看!"乔纳森说,"在水下首先需要掌握的是:仔细观察。睁开双眼,别漏过任何东西。然后,你就可以看到一个梦幻、伟大、引人入胜的彩色奇迹世界!"

"这点我很相信你。"爸爸说,"但是我们的房间里几乎没什么水。我的意思是说,浴室里有水,厨房里有水,厕所里也有,但是……"

"我知道,哥哥。"乔纳森说,"我也只是想练习观察,不是练游泳。"

"那么……"爸爸困惑地说。他跟我们一样,也不知道乔纳森葫芦里到底卖的什么药。

"空气潜水!"乔纳森认真地说。

"空气潜水?"妈妈重复了一遍。她看上去像是在严肃地思考,这句话到底是什么意思。最重要的是:这对于房子来说意味着什么。

"我想和你们一起坐在沙发上,假装我们是深海潜水员。我们坐着观察,每个人讲一下他都发现了什么。这个不难,对不对?"

"这个一点儿都不难。"我说,"但是在我们的客厅里能看到什么?肯定没有鱼,甚至连一个鱼缸都没有。"

"到时候你看到的东西会吓你一跳的。"乔纳森说。

半小时之后,吃过饭,我们四个挨着坐在了沙发上。

乔纳森像个魔术师似的,从他的夹克口袋里把带浮潜管的潜水镜掏了出来。

"我们必须把浮潜管咬在嘴里吗?"妈妈问,"那我们就没办法聊天儿了!"

"好吧,"乔纳森说,"浮潜管可以放在外边,但是有浮潜管看上去好一些。"

我们就那么坐在那儿,每人戴着一副潜水镜,一根长长的浮潜管斜插在头上。

"啊,我什么也看不到。"过了一会儿爸爸说。

我深吸了口气。

必须有人开个头。

"我看到了什么!"我激动地喊。其他人吃惊地看着我。

"那儿!在我头顶,有一条银黑色的鱼在游……它有三只眼睛、五个鱼鳍!"

接下来是长时间的沉默。

"现在我也看到它了。"乔纳森说着从夹克口袋里掏出照相机,拍了一张照片。

"你顶多拍到了客厅的顶灯。"爸爸讽刺地说。

"那又怎样?"乔纳森说,"然后我就能看到眼睛像灯泡的鱼!"

又是几分钟的沉默。

"噢!"妈妈突然小声说,"一条鳕鱼,通体雪白,多漂亮啊!"

"在哪儿?"爸爸问。

"那儿,就在你鼻子前边!"

爸爸用手在鼻子周围四处挥舞。

"现在它游开了!"妈妈失望地说。

"它会回来的。"乔纳森安慰她,"鳕鱼很忠诚。"

我从侧面看着乔纳森。我从来分不清他什么时候是认真的,什么时候不是。

"这个我已经等了很久了。"在一片寂静中乔纳森说,"一条北极熊鱼!"

"一条什么?"爸爸问。

"一条北极熊鱼!"乔纳森说,"这种鱼非常少见。它们有白色的毛,像北极熊一样。"

爸爸叹了口气,"我……我看见了白色的老鼠!"

"在哪里?"乔纳森问。

妈妈笑了,她的笑声感染了我们。

不一会儿,我们四个戴着潜水镜坐在那里,捧腹大笑。我的潜水镜都乐歪了。

"那儿有一条戴草帽的鱿鱼!"爸爸喊道。

"这儿有一对双胞胎鱼,它们连发型都一样!"妈妈咯咯地笑着说。

"这儿来了一条眼镜鱼!"乔纳森说,"它甚至还拿着一本书!"

"那儿有一条带有向日葵花纹的鱼!"我指着墙上的一幅画说。

乔纳森不停地拍照。

"我们今天发现的鱼都非常罕见,从来没有人发现过!"他说。

"我很愿意相信!"爸爸取下潜水镜,"也很少有人在客厅里潜水的!"

"优秀的深海潜水员必须到处训练感觉。"乔纳森说,"你们觉得,那边的那条香蕉鱼能吃吗?"

国际大奖小说

我们一起凑到果盘旁。整个下午,我们都没有注意到近在咫尺的鱼。

就这样,我们还发现了一条四方形的电视鱼,一条足球鱼,一条有翅膀的天使鱼,一条戴着潜水镜和浮潜管的潜水鱼,一条拖着房子的蜗牛鱼,一条有刺的绿色仙人掌鱼,一条背着书包的上学鱼,一条戴墨镜的大头鱼……

"如果再这么继续下去的话,估计我们所有人只会梦到鱼了。"爸爸说,"那条著名的乔纳森鱼会整晚出现在我的床边,给我讲各种疯狂的故事。"

我想象着,我、乔纳森叔叔、爸爸和妈妈属于一个鱼家族,在海底的一个客厅里生活。

"下个星期无论如何我们不会吃鱼了。"妈妈说,"我现在对鱼已经不感冒了。"

"我们下个星期天做什么?"在乔纳森跟我们告别的时候我问他。

"下个星期我们起义!"他说。

然后他就头也不回地走了。

国际大奖小说

第八章

杂物的起义

整个星期,我的脑子里塞满了各种各样的问题。但是当乔纳森叔叔在接下来的星期天站在门口的时候,我只问了:"什么起义?你上次说,我们今天要起义!"

"没错!"乔纳森说,"杂物起义!今天是时候了!"

"什么是时候了?"妈妈问道,她很惊讶,乔纳森这次非但没有迟到,还早到了半个小时。

"今天我们让杂物起义!"乔纳森说。

"哦不!"爸爸喊道,"不要起义!不要沙漠,不要大海,不要小矮人,什么都不要!"

"什么都没有是不可能的,总得有点儿什么。"乔纳森平静地说,"我今天带来了一本书。"

他从夹克口袋里掏出一本小书。

"我有一种特别不好的预感。"爸爸边喊边躲到浴室门后,"所有东西都得藏好了!"

"史蒂芬,开玩笑的!"乔纳森摇了摇头说,"我只带来了一本77页的书,仅此而已。"

"肯定还有什么别的!"妈妈怀疑地说。

"嗯……"乔纳森搓了搓手掌,"我想,我们……"

"我早就知道,我早就知道,我早就知道!"爸爸喊道。他在浴室里插上了门。

乔纳森大笑,"你放心出来吧,史蒂芬。我们什么也不做,让杂物去做。"

妈妈先看了看我,又看了看乔纳森。

"啊哈,让杂物去做。"她小声说。

爸爸从浴室里走出来。"我们先吃饭。"他说,"这样至少我们能有力气去应付将要发生的事情!"

吃饭的时候,我一直好奇地盯着乔纳森放在桌子上的那本书。

"那里边有什么?"我问。

"这本书叫《杂物的起义》。"乔纳森说,"讲述了有一天,杂物们忽然决定要罢工的故事。"

"杂物们为什么要罢工?你解释解释。"爸爸问。

"嗯,比如房门打不开了,因为你发火的时候踹了它三脚。或者淋浴喷头今天也不出水了。再或者足球自己飞到球门里,而不是总在球门旁待着,只是因为没人会真正的射门。简单地说,就是杂物们不听指挥,只做它们自己感兴趣的事。"

"这真让人兴奋!"我说。

"杂物们为什么要罢工呢?"妈妈问。

"因为我们对它们不够好。"乔纳森说,"想想吧,我们平时是怎么把它们从一个角落扔到另一个角落的。我们粗心地把杂物到处放,而且经常把它们忘记了。我们扔了多少杂物,而不是尽力把它们修好。其实杂物们有上千个理由不再好好听我们的话。"

"你拿着书准备做什么？"爸爸看了看那本书，就像它是一只危险的、会咬人的动物。

"我马上就演示给你们看。"乔纳森说着用纸巾擦了擦嘴。

我们吃完饭后，走进客厅。乔纳森想让我们坐在地板上。

"沙发也可以休息一下。"他说。

我只瞥了爸爸一眼就察觉到：他正在盘算着会发生什么。乔纳森几乎总是能做些让他意料不到的事情。

乔纳森翻开书。"灯。"他说，"那里有盏灯。那么，谁是灯呢？"

我们看着他，好像他终于恢复了往日的本色，又开始发疯了。

"为什么有人要当灯呢？"我问。

"马克斯，你是那盏灯。"乔纳森说，"你必须想象一下，比如你是客厅的顶灯，今天有空，可以做你想做的事。你今天开始起义，你罢工。今天属于你，是你的星期天。一个对于灯来说自由的星期天！那么，你要做什么呢？你想一想!"

我坐在那儿看着灯。我还从来没成为过一盏灯。作为灯,我应该做什么呢?

"我……我今天不准备亮起来。"我迟疑地说。

"好极了!"乔纳森喊道,"就是这样。什么都不称你的心!"

"还有……我希望到其他地方看看,而不只是待在这个客厅!"

"没错!"乔纳森激动地喊,"走吧。看看外面的世界!"

爸妈一会儿看看我,一会儿看看我们头顶的灯。

"嗯,我……我把灯泡收起来,然后我们去郊游!"我结结巴巴地说,"我们先去一家灯具店。出于好奇心,我想看看其他灯都是什么样子。"

"好主意!"乔纳森说,"你必须紧跟潮流。了解流行的灯是什么样式,其他灯都在谈论什么。"

爸爸看了看我,好像我真的变成了一盏灯。

"然后呢?"乔纳森问,"我们的灯接下来要做什么?"

"我要飞到海边。"我快速地说,"我要在那里躺着晒太阳，享受温暖。然后我就等待黑夜的降临，等着看星星，这样我就可以看到夜晚的星空。我听无数人提起过，星星是世界上最耀眼的灯。"

"听说？从谁那儿？"爸爸问。

"嗯，从灯泡那儿。"我说。

"从灯泡那儿。"爸爸重复着。

"午夜时分我再飞回家，很高兴，我又回家了。"

"好美的故事。"妈妈说，"如果我是一盏灯的话，我也想看一看星空。"

"对。"我说，"天上的星星，犹如数百万个灯泡。"

乔纳森翻开了书的另一页。

"好。"他对妈妈说，"下一个是你。"

"我要当什么？"她问。

"盐瓶。"乔纳森说。

"我想象过许多东西。"妈妈说，"但还从来没想过做一个盐瓶。"

乔纳森冲她笑笑，"现在就是了。利用你的机会！"

妈妈走进厨房，把盐瓶拿了出来，把它放在自己面前。

"这样我就能更好地把自己想象成一个盐瓶。"她说。

我禁不住笑了。妈妈咯咯地笑着，试图集中注意力。

"我们等着,亲爱的盐瓶!"乔纳森严肃地说。

"开始了!"妈妈高举着盐瓶说道,"因为今天是我的自由星期天,我决定了,要去蛋糕房转转。我一整天只想见到甜蜜的东西。我受够了没完没了的盐和重口味的菜肴。我要去蛋糕房,把自己装满白糖,一整天都站在小桌子上四处观望,看人们是怎么吃蛋糕、点心和奶油冰激凌的。对,我就这么做!度过这样甜蜜的一天后我才有兴趣回家。这样我作为盐瓶才能再忍耐一阵!"

"好了,你的生活需要变化,亲爱的!"乔纳森说。

爸爸气愤地看着他。

"现在轮到你了,史蒂芬。"乔纳森对他说,手里翻着书。

"你来当房子。你是建筑师,'房子'这个词挺适合你的!"

"房子?"爸爸挠着下巴,"嗯。"

"今天是你的自由星期天,亲爱的房子。"我说,"祝你度过愉快的一天!"

"我会的!"爸爸坐起来,"首先,我要去拜访两条街之外的一个老朋友,那个黄色的小房子。我们曾经一起上学。"

"房子也需要上学吗?"我问。

"当然了。"爸爸说,"比如我们必须熟悉道路交通规则。嘿嘿,我们当中曾经有人过马路闯红灯。"

"我还从来没见过房子到处走来走去的。"我说。

"我也从来没见过灯在附近到处乱飞的。"乔纳森说,"现在请安静!轮到房子了!"

"嗯,我去拜访我的老朋友。然后我们一起去吃柠檬冰激凌,那是我最爱的口味。接下来我们去公园,那里有清新的空气。也许我们还会在草地上踢一会儿足球,总是长时间站着的人需要运动。晚上我们去吃大餐,然后找一家舒服的迪厅跳上一个通宵。希望在那儿能碰到一群漂亮的女士,一起跳!"

"这个我可不爱听!"妈妈说着用胳膊肘给了爸爸一下。

"现在我们已经有了一盏大海上的灯,一个蛋糕房里

的盐瓶和一间迪厅里的房子。"乔纳森又拿起了书。"床。"他说,"那儿就有一张床。正好适合我!"

"你这一天准备做什么呢,床?"爸爸问。

"我要起个大早,散步到附近最棒的小河畔。在那里,我会给我隐藏的水翅膀充气,然后顺河漂流。我漂过最美的风景,鲜花盛开的草地,神秘的魔法花园。我漂过丛林和沙漠,一直漂到大海。我将扬起床单做风帆。我稍微往侧面靠一靠,风就可以像吹一张风帆那样把我吹过整片海域。这样我就可以尽情地吹吹海风了。我的星期天得有两周那么长。特别的假期!当我再回家的时候,我身上会有海洋、风和阳光的味道!"

"这我绝对相信!"爸爸咕哝着。

我们还想了一些故事。妈妈讲了她作为一顶帽子的经历;爸爸把他的眼镜放在一架飞机上环游地球三圈,这样它就可以一次见识世间的一切;我曾经是一个空瓶子,从一个小岛到另一个小岛的漂流瓶;乔纳森讲了一粒裤子纽扣的故事。

像每个星期天一样,那天我们聊到很晚,因为有很多好笑的故事可聊。

当我最终躺到床上的时候,我想起了乔纳森讲的床的故事。我的床把我带上了它的旅程,穿过神秘的魔法花园,进入丛林中央……

第九章

星期天巨人

接下来的星期天,并不是星期天。

星期三吃过晚饭后,门铃响了。没仔细想可能会是谁,我已经把门打开了。门外站着乔纳森。

"我能进来吗?尽管今天不是星期天。"

我不知所措,目不转睛地盯着他。"你当然可以进来。"我结结巴巴地说,"你随时都可以来我家。"

乔纳森跟平时有点儿不一样。他看上去甚至有些害羞。

"我很累,想在你们这里休息一下。"乔纳森对爸妈说,他们正吃惊地看着他。

"你想躺一会儿吗?"妈妈问。

"你吃过饭了吗?"爸爸站了起来,想去给乔纳森拿个盘子。

"我不饿,也不渴。"乔纳森说,"我只是很累。你们别忙了,我就在客厅沙发上躺一会儿。马克斯,你要不要一起?"

我感觉很奇怪。乔纳森生病了吗?他脸色那么苍白,看上去筋疲力尽。

他躺到沙发上,妈妈给他盖上了一条暖和的毯子。

"我给你端来一杯茶和一些小点心,你待会儿吃。"她轻抚着他的头发。

"你可以在这里睡。"爸爸说,"如果你愿意的话。"

乔纳森摇了摇头,"不行。埃洛在等我,他不喜欢一个人待着。"

我一个词也没听懂。埃洛是谁?乔纳森发生什么事了?

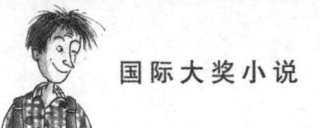

"坐到我这儿来,星期天巨人!"乔纳森说。

"你怎么想到的,'星期天巨人'?"我问,"这应该是我称呼你的。你每个星期天都来,你很高大,几乎就像巨人一样高大。而且你每个星期天都给我带来巨大的惊喜。你才是星期天巨人!"

乔纳森很害羞,"你说得真好,不过,这正是我想说的。我每个星期天见到你,每次在你们这里我都过得非常开心。你就是我的星期天巨人。每次从你们家离开的时候,我都感觉很好!"

"那我们两个就都是星期天巨人。你一次,我一次。说好了?"我握住乔纳森的手。

他紧紧握住我的手,"同意!"

他闭上眼睛。我不知道自己应该说什么。

"埃洛是谁?"过了一会儿,我问道。

"是我的一个老朋友。"乔纳森坐起来,"埃洛以前曾是我的邻居,他和他老婆一起住。自从他老婆去世后,他一个人独居。只有星期天的时候,他儿子才会来,他儿子也已经是个老人了。"

"那埃洛多大岁数了？"

"大概八十多岁了。他以前曾是个著名的小丑演员。"

"那么，你住在他家？我的意思是说，现在，在你回国的这段时间？"

"我曾经建议他出一本书，讲述他的生活。我向他提问，并用录音机录了下来。他保存着很多老的海报和照片，我有时候也给他拍照。当然，就算是出不成书，这些回忆也给我们两人带来了很多快乐。现在，埃洛病得很重。医生说，他活不长了。"

"你只在星期天来我家，是因为……"

"因为我只有那时才走得开。星期天，埃洛的儿子会来看他，那时他就不需要我了。"

"那他为什么独自生活呢？他可以……"

"他想独自生活，他想在他的房子里结束生命，他是这么告诉我的。那所房子也是他的出生地。"

"你不能……不能把埃洛一起带来吗，到我家来？"

"他走不动了。但是，也许你可以跟我一起去他家一次。我问问他。"

我点了点头。我很想认识一下埃洛。

"埃洛曾经救了我一命。"乔纳森轻声说。

"救了你一命?这个老头儿?"

乔纳森笑了,"那会儿他还没有这么老。而且,这和年龄有什么关系?他只是陪着我,跟我聊天儿,像朋友那样,像一个祖父。"

"这就救了你的命?"

"对。那段时间我不想活了。我曾多次经历这样的危机,非常黑暗的日子。对我来说,所有的一切都是那么黑暗、阴沉、没有意义。那会儿我没兴趣继续活下去了。"

我摇了摇头。不敢相信。

我的乔纳森叔叔,那个有着很多疯狂举动的、不甘寂寞的、总是心情不错的乔纳森叔叔?

"我知道你在想什么。"乔纳森说,"因为我大部分时间都很开心,你完全没办法想象,我有时候心情会这么糟糕。有些阶段,我也没办法跟你解释。有时候我感觉非常棒,可以拥抱整个世界。然后,突然地,我又会觉得特别难过。我有一种感觉,觉得自己动不了了,仿佛所有一切,不论什么,完全没有意义,而且太紧张。曾经有段时间,我整月都不愿出门。我几乎下不了床,觉得身体如此沉重。医生说,我掉进了一个黑洞里。"

"你现在就在这样一个黑洞里吗?"我不安地看着乔纳森,"你现在也是这么觉得吗?"

他更加用力地握住我的手,"别担心,已经很久没有这么严重了。我今天只是有点儿伤感和疲劳。跟以往不同,我现在可以很好地控制自己。有时候我甚至必须吞下所有可能的药片。但是最糟糕的时候已经过去了。只是有时候我会忽然在某个阶段感觉很沮丧,然后就又好了。"

"你真的独自生活吗?"我问,"我的意思是说,在美国。你在那儿没有其他朋友吗?"

"我有一个女朋友。"乔纳森说,"她能理解我。下次我再回来的时候,我一定把她带来。但是她在一家小画廊工作,不能经常出远门。她自己也画画。巨大的、漂亮的画。你会喜欢那些画的。"

听说乔纳森有女朋友,我松了一口气。

乔纳森在他的钱包里翻着,抽出一张黑白照片。

"我能给你介绍一下吗?这是琳达。"

"你好,琳达!"我冲着照片说。琳达有着深色的短发和和蔼的笑容。

"她是我的救星。"乔纳森说,"她知道,当我又一次落

入谷底的时候,怎么拯救我。"

"那很好。"我说。

乔纳森若有所思地看着我。

"你现在生我气了吗?"他最后问。

我皱了皱眉,"我为什么要生你的气呢?"

"嗯,因为我不是你想象中那个有趣的、很棒的叔叔!"

"你依然是。跟你在一起的每一个星期天我都很开心。今天我也很开心,因为你来了。觉得伤感,我认为,这很正常。既然你有时候比其他人更快乐,那有些时候你就会比其他人更伤感。难道不是吗?"

"没错,就是这样。"乔纳森说,"真正的中庸之道,我从来都学不会。你爸爸就可以!"

"我宁愿他更像你一些。他总是操同样的心,而且所有东西都必须秩序井然。"

"在这点上,咱们的观点一致。"乔纳森说,"你妈妈,你可不能低估她。她也特别遵守规则。你看到她玩打击乐了吗?"

我点头。实际上我爸妈都是"非常理智的"。

"他们只是需要稍稍被人唤醒。"乔纳森低声说,"我们来帮他们!"

我们像两个阴谋家一样互相挤着眼睛。

然后我就让乔纳森休息了。

我去厨房坐在爸妈身旁。

"乔纳森以前经常住院,"爸爸说,"但这段时间他渐渐又好了起来。不过也只是偶尔状态特别好,然后下一分钟又崩溃了。"

"旅行对他有好处。"妈妈说,"曾经有段时间,他什么都害怕。他跟我讲过一次,那是很久以前的事了。现在他像个探险家那样,游遍世界各地!"

"他是个探险家!"我说,"而且,他还是我的星期天巨人!"

"我们星期天见!"乔纳森告别的时候说。他已经睡了一小会儿。

"替我向埃洛问好!"我说。

他握了握我的手。

"我会的,星期天巨人。"

"你也是!"我说。

然后,我轻声地关上了门。

第十章

在"大海"上

接下来的两个星期天,乔纳森几乎都是比午餐时间提前一小时到,而且每次都没什么胃口。他看上去有些疲惫和沮丧。

"埃洛的情况越来越糟了。"他偶尔提到,"但是他很想认识你们,不久就会发出邀请!"

第一个星期天我们去了一个小湖,那里可以租小船。我和乔纳森一起租了一只红色的小船,在湖面上划了几圈。爸爸妈妈躺在草地上晒太阳,时不时向我们挥挥手。

"我以前也在这个城市里住过。"乔纳森一边有规律地划桨,一边说,"应该是十年前的事了。那会儿你还没出生呢!那段时间,我也会来看望你的爸爸妈妈。但当我情绪低落,感觉不好的时候,我就会消失,因为我会为自己的沮丧情绪感到不好意思。你能理解吗?"

我望着自己在水中的倒影。

"当我沮丧的时候,我也想要自己一个人待着!"我说。

"你爸妈总是对我说:'你随时可以来。你需要什么的时候就打招呼!'他们从来没有对我不好。但是我反而不会经常出现。不要问我为什么,也许是我自尊心太强了。有时候我真的很羡慕他们的生活。"

他用手往我脸上撩了几滴水。

"嘿!"我惊呼道。随即我们打起了小水仗。小船在危险地摇晃着。

"停!和解!"乔纳森喊道。我们的衬衫已经湿透了。

"但是你也因此享有了自由的生活。你可以满世界转悠!"我说,"你也有足够的钱,对不对?"

"还行吧。"乔纳森说,"我肯定成不了富人,但是够生活的。"

"你以后也会有孩子吧。琳达喜欢小孩儿吗?"我无法想象,乔纳森会找一个不想要小孩儿的女朋友。

"她喜欢孩子,也喜欢我。我已经够孩子气了,你不觉得吗?"乔纳森认真地看着我。

"但你有时看上去完全像个成年人。"我说。乔纳森收起船桨,把它放回船舱内。

我们让小船在水里漂着,太阳暖洋洋地照在脸上。

"两个星期天巨人航行在大海上!"乔纳森小声说。他看起来就快睡着了。我朝草地上的爸妈看了一眼:他们躺在一张毯子上,紧紧地依偎在一起,似乎也是睡着了。我叹了口气。这是一个非常宁静的星期天,但我仍然感觉很好。

我看着乔纳森,一只蜜蜂落在了他的鼻尖上。我思索着,怎样才能用最巧妙的方式赶走蜜蜂,而不至于吓到他。

"这肯定是只蜜蜂。"这时,我听到他小声说,"对,像这样挠痒痒!只有蜜蜂才这样挠痒痒!"

他慢慢地举起一只手到脸旁。当蜜蜂察觉到自己突然处于阴影下时,它猛地从乔纳森的鼻尖上飞起来,然后飞远了。

"还是花的味道更好!"乔纳森嘟囔着。

晚上,我们在湖边的餐馆里坐了很久。爸爸妈妈和乔纳森一起回忆着他们以前是怎么经常见面,怎么偶尔一起游泳,一起看电影的。

"你们一定要认识一下琳达!"乔纳森说,"等过几个

月,我带她来见你们!"

"如果埃洛家地方太小的话,你们就住在我们家!"妈妈说,"客厅,那个曾经作为沙漠、演奏厅,还有我不知道是什么的地方,也将成为一个客房。我已经迫不及待了!"

"到时候你就不用只在星期天过来了!"爸爸说。

"没错!"我欢呼着,"因为到时候,每天都是星期天!"

第十一章

星期天之吻

接下来的星期天更是安静。

电视里放了两部爸爸想看的老电影,接下来是一场足球比赛,还有一场国家队的比赛。

乔纳森和我舒服地窝在沙发上,爸爸妈妈在地板上铺了一块柔软的毯子。

"最近我们喜欢坐在地板上。"爸爸说,"我必须要说,乔纳森,过去的这些个星期天你教会我们很多东西。"

"比如说什么?"乔纳森问。

"比如不需要凡事都那么较真儿,开个玩笑也挺好的。比如一个星期至少有一天,应该全家人一起度过。做什么其实不重要,关键是大家都要开心。"

"每星期一天太少了。"我说,"星期天应该再多一些。"

"当我们觉得这天是星期天时,那就是星期天。"乔纳森说,"比如今天就是星期天!"

"但是……今天确实是星期天哪!"我喊道。

"真的吗?纯属巧合!"乔纳森冲我挤眼睛,"你知道我想说什么。比如圣诞节一般来说都不是星期天,但人们却觉得像星期天。还有其他节假日和学校放假的时候!再比如你的生日!都是星期天!"

"当初雪降临的时候!当我感觉到夏日脚步临近的时候!当窗外鲜花盛开的时候!当我恋爱的时候!"妈妈轻叹了一声,"都是星期天!"

"当你恋爱的时候?"爸爸试探性地看着妈妈,"我希望,你是说和我?"

"爱上生活或者你的时候。当然,我是说当你不那么

严肃的时候。"妈妈说着给了爸爸一个吻。

"现在我知道了。"爸爸说,"星期天就是被亲吻的日子。"

晚上,乔纳森坐在我的房间里盘问我:"你有女朋友吗?你为什么不把她带到家里来,介绍给你爸妈认识?你到底有没有朋友?你从来都不能在朋友家过夜吗?你信任你爸妈,什么都愿意跟他们说吗?你害怕他们吗?"

我给他讲了我班上的乌拉,我已经喜欢她好长时间了,还讲了我的朋友们:埃尔文、罗伯特、弗兰茨和沃尔夫冈……

乔纳森认真地听着。

我躺到床上的时候,听到他还在厨房跟我爸妈聊天儿。

深夜，不知道什么时候，爸爸来到我的房间，在我额头上吻了一下。

"这是星期天之吻！"我听到他这么说，然后我就又睡着了。

第十二章

厨房里的小丑

我打开门,忍不住大笑起来。

乔纳森戴了一个红色的小丑鼻子,很适合他。

"大家可以认为,你生来就是个小丑。"我说。这个星期天乔纳森看起来好了很多,他看上去又恢复了之前的快乐。

他用食指按了按鼻子,发出了嘎吱一声。

"乔纳森的鼻子嘎嘎响!"我冲着爸爸妈妈大叫,他们好奇地跑到前厅来。

"是时候了！"乔纳森说，"埃洛邀请你们下个星期天去他家，他准备了一场告别演出！"

"听起来太可怕了！"妈妈说，"你怎么还能高兴得起来呢？他现在情况那么糟糕吗？"

"他还可以。"乔纳森说，"我说的不是那个意思，而是他要搬家了！"

"去哪里？"我问道，"他要搬去养老院？"

"不！"乔纳森猛摇头，"这是件好事，所以我的心情才又好起来的。埃洛要搬到他儿子家去。"

我使劲按了按乔纳森的红鼻子，这回嘎吱的声音更响了。

"埃洛曾经跟马戏团巡游世界，可是这对于一个在家等待的儿子来说，并不是什么有趣的生活，所以他和埃洛没什么话可说。但是前一段时间，他们彼此聊了很多。现在，他终于可以说服埃洛放弃自己的老房子，搬到他那里去住！他住在乡村，对埃洛来说，那可比他自己那个狭小、潮湿、阴暗的房子好上百倍！"

"这值得庆祝！"爸爸说，"我去拿一瓶上等的葡萄酒来,让我们为埃洛和他的儿子干一杯!"

乔纳森一直也没摘下他的红鼻子。

"你为什么一直戴着它?"我忍不住问。

"为了向埃洛致敬!"乔纳森说,"另外它也能提醒我一些事。至少,当我照镜子的时候,我会立刻又想起来!"

"它能提醒你什么?"

"提醒我,我们将在埃洛家搞个小型的马戏团演出。"乔纳森开心地看着我们。

"我们来表演马戏团的节目?我还以为,埃洛……"爸爸说。

"埃洛会给我们表演他的绝招,然后给我们看一些老照片。但是我想,我们也应该为他做些什么,作为礼物。"

"那做些什么呢,小丑先生?"妈妈边问边按了按乔纳森的鼻子,鼻子马上响了两声。

"我们每人学一点儿东西,然后在埃洛家表演!"乔纳森兴奋地摩拳擦掌,"嗯,我已经开始期盼这场演出了!"

"都有谁会来?"我还想不出来应该给埃洛表演些什么。

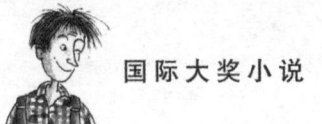

"只有我们四个。"乔纳森说,"一场只属于朋友间的表演。当然,还有埃洛本人!"

"听起来很不错!"爸爸说,"但是我们能表演些什么呢?我连一首诗都不会背!"

"我会!"我喊道,"我至少会背四首诗!"

"好的。"乔纳森拿来一张纸,在上边写下什么,"我们已经有一个节目了,马克斯至少可以背四首诗。我们还能表演些什么?"

"我曾经……当我还是小姑娘的时候,跳过芭蕾舞。"妈妈说,"我可以,假装自己……"

还没等她说完,"芭蕾舞女演员万岁!"他兴奋地喊道,"这会是个很棒的节目,我仿佛看到了你穿着舞裙站到台上。"

"但是,"爸爸闷闷不乐地看着我们,"我们只会出洋相的。我的意思是说,埃洛毕竟是……"

"他只是一个老人,已经病得快动不了了,在我们面前他都不会觉得难为情!不要找借口了!"乔纳森俯身对爸爸说,"埃洛很多很多年前曾是个伟大的杂技演员,但今天他仅仅只是自己曾经的影子。我们只是为了给他带去一些小小的欢乐！"

"那好吧。我可以用手电筒展示我的手影绝活儿！"爸爸说。

"你是说,狼和大鱼？"我忍不住笑了,"这是唯一只有两个角色的影子剧场！"

"我只是缺少练习的时间！"爸爸说,"但是你必须承认,那只狼看起来确实很吓人,而那条鱼能在空气中漂亮地游泳！"

我点了点头,"没错！看起来很棒！"

乔纳森拍了拍手,"我会先扮演一个厨房里的小丑,上菜时把一切都搞得乱七八糟,然后我帮你演出影子剧场。我们再想想别的。"

整个星期天的下午,我们都在练习自己的节目。我乖乖地读诗,妈妈在卧室的镜子前跳来跳去,爸爸拿着一支手电筒坐在昏暗的浴室里。

我们听到乔纳森在厨房里把餐具弄得叮咣乱响,而且听到杯子被打碎的声音,但奇怪的是没人生气。所有人都好像没听见一样。乔纳森把碎片扫走以后,继续练习。

"你在做什么呢?"过了一会儿我问他。

他站在厨房中间,头顶上依次罩着三口锅,一口大的,一口中的,一口小的。他手里拿着三个苹果,开始练习。

他玩得很好!

"乔纳森会杂耍!"我大声喊。

正当妈妈满头大汗,红着脸朝厨房门口张望的时候,三口锅掉到了地板上,发出巨大的响声。

"发生什么事了?"爸爸边喊边从浴室跑过来。

"只是走神儿犯了个小错。"乔纳森说着又把三口锅举到头顶,"幸亏你们用的是结实的家伙,摔不坏。你们练得怎么样了?"

"当蚊子弯下腰,我开心地看到,它们小小的、精致的背部……"我朗诵着。

"精彩!"乔纳森喊道,"不要再剧透了,给我们留个惊喜!"

"我拿着花练了一小段舞蹈。"妈妈说。

"我需要你的帮助。"爸爸笑嘻嘻地说,"否则狼还是会吃掉鱼,我一个人根本顾不过来!"

爸爸和乔纳森在浴室里待了很长时间。等他们终于出来的时候,脸上的表情看起来十分满意。

"我觉得,演出会很了不起。"爸爸说。

"你们要演出的故事叫什么?"我问。

乔纳森取下红鼻子戴在我脸上,他略微调整了下鼻尖的位置。按了按鼻子,鼻子发出了响声。

"既没有狼也没有鱼。"爸爸骄傲地说。

"那有什么?"我现在非常好奇。

"比如,巨人。"爸爸说。

当乔纳森准备离开的时候,他允许我继续戴着小丑的红鼻子。

"这可是借来的。"乔纳森说,"下个星期天我需要它,别忘记了!"

晚上我穿着睡衣,戴着红鼻子上床睡觉。

爸爸妈妈一起走进我的房间,每人按了我的鼻子一下。鼻子响了两声。

"这应该叫'晚安'。"妈妈说。

我也按了下鼻子。"晚安!"我说。

很久我都没有睡着,幻想着自己是个真正的小丑,跟着马戏团一起环游世界……

第十三章

飞翔的杂技演员

接下来的星期天我们去埃洛家,我非常兴奋。不是因为我要朗诵的那几首小诗,而是因为我对埃洛很好奇。他跟乔纳森的一部分生活密切相关,而那正是我所不了解的部分。

埃洛住在摩天轮附近的一栋高楼里。楼很旧,黄色的墙皮已经四处剥落了。

乔纳森在楼门前等我们。

"你们准备好了吗?"他迫不及待地问。

我往上推了推红鼻子,"我没把它忘了!"

妈妈挎着一个包,里边装着她跳舞穿的衣服,爸爸带了几支手电筒,还装了一些其他东西,不让我看。

楼道里能闻到霉味儿和潮味儿。有些灯泡已经不亮了,所以看上去非常昏暗。

"四层,左手边的门。"乔纳森喊道。

这里甚至没有电梯。埃洛肯定出不了门,他腿脚那么不利索!门口还挂着一些红色和黄色的气球。

"免费入场!"乔纳森边说边打开房门。

我们穿过一个小厨房,来到了客厅里。墙上到处贴满了旧海报。埃洛和乔纳森在房间里装上了彩色的灯泡,绿色、蓝色、红色和黄色的灯光交相辉映。桌子上有个大蛋糕。还有一台应该和埃洛差不多年纪的留声机,正在播放着一张布满划痕的唱片。音乐是那种我在老电影里听过的。但是我们并没有看到埃洛。

"他在隔壁房间!"乔纳森说,"一个杂技演员需要正式亮相!请坐在第一排!"

他给我们摆了几把椅子,我们坐在正好可以看到隔壁房间门口的位置。

"注意！请注意！请大家为埃洛把场地清理出来！"乔纳森喊道。

我们眼前的这一切，相信我，很不寻常。

乔纳森打开门。

首先我们看到一张大床，在房间中间横放着，后边有一个很高的棕色箱子。整张床看上去像是只铺了一床厚厚的、白色的羽绒被。突然，床上立起一架小小的、彩色的纸梯。梯子越来越高，一直快顶到了天花板。

我惊呆了。看上去就像变魔术一样！

突然，有个小纸人顺着梯子向上爬。他背着双肩包，一转眼就爬到了梯子顶端。他在上边的时候，我看到他被固定在一根细细的、几乎看不到的小棍子上。他站在最高处冲我们挥手。我也不自觉地朝他挥手。

然后，随着一声大叫"嘿嘿呼啦！"小纸人跳了下来。他在空中滑翔，像在飞一样。他转身，翻了个跟头，轻轻地落在了被子上，然后站起来鞠了个躬。

我们疯狂地鼓掌。

"太棒了！"爸爸喊道，他激动得根本停不下来，"好极了！太棒了！太好了！"也许是因为他感同身受，想到自己用手来扮影子游戏有多困难。现在有一个小纸人竟然在空中做体操，就像活的一样！

梯子慢慢地收了起来，小纸人消失了。现在出现了一座纸做的塔，背后发出蓝色的光。整个被子都发着蓝色的

光,看起来像水一样,像一个游泳池,一条小河或者大海!然后有个穿着白色浴袍的小纸人爬到了塔上,是个女人。她穿着一件浴袍站在塔的前侧。然后猛地一跳,她从塔上跳了下来,翻了三个跟头,消失在水里。她钻入被子里,直到我们再也看不到她。过了一会儿,她的脑袋又在被子上出现了。她冲我们挥手,我们鼓掌欢呼。爸爸把巴掌拍得震天响,我不得不捂住一只耳朵。

现在塔消失了,蓝色的灯也熄灭了。

最左边是背着背包的小纸人,最右边是穿着浴袍的女人。在床的中间,我们忽然看到了埃洛的脑袋。

"太棒了!"我们一边喊着,一边走进房间。乔纳森帮埃洛回到床上。

埃洛有一头浓密的白头发,穿着一件蓝白条纹的睡衣。他差不多跟乔纳森一样瘦,只是更矮小些。他满脸都是笑容。

"还不算太糟,是不是?"他用沙哑的嗓音问道,"这真的很有趣。虽然都是一些很简单的小伎俩,但对于起不来床的人来说,正好可以做到!"

"简直太棒了!"我说,"看起来像魔法一样!小纸人就像是自己会动似的!"

"我打赌你知道,这是怎么做到的?"乔纳森问。

"用很细的小棍子。"我说,"我看到了一小下。"

"你眼力很好。"埃洛说,"对,把小纸人横七竖八地固定在细细的、结实的小棍子上,就可以让他们在空中翻转跳舞!"

虽然病中的埃洛看起来倦容满面,但我们还是能感觉到,他对我们的到来有多么开心。

"这是我的告别演出!"他对我们说,"下周我就搬去乡下了,到我儿子家。稍微变换下环境对我有好处,乔纳森也必须回美国去了。"

尽管埃洛早就知道我们,但乔纳森还是礼节性地介绍了一遍。

"这是我的哥哥史蒂芬,这是他的太太茱莉娅,这是马克斯,我的星期天巨人!"

埃洛跟我们一一握手。

乔纳森接着说:"这就是埃洛,飞翔的杂技演员!世界

上最有名的小丑和艺术家之一！"

埃洛挥了挥手，"好了，别吹牛啦！欢迎你们看看海报和小桌子上的照片，那些都是我当年表演时的样子，那时我还年轻！"

"飞翔的杂技演员！"很多海报上都这样写。有一些上面只写着"埃洛"或者"飞翔的埃洛"。

"他们为什么称呼您为飞翔的埃洛？"我坐到埃洛床边问他。

"我很乐意告诉你。"他说，"把左手边的箱子打开，里面有双黑色的大鞋。把它拿过来！"

我打开箱子。他说的那双鞋至少有半米长，是一双瘦长的、薄薄的小丑鞋，穿上它应该很难走路。鞋面上布满小洞。

"它经历过很多事情！"埃洛说，"它看过整个世界。印度、美国、非洲各地……我跟马戏团一起到访过世界各地。这几乎占据了我一辈子的时间。我曾有过很多节目，但我最著名的节目是跟飞翔有关的。"

我看了看鞋，又看了看埃洛："您就是穿着这双鞋飞

的吗?"

埃洛摇了摇头,"我是飞进这双鞋里去的。飞进去,你明白吗?"

我一个字也没听懂。

"我会给你解释的。"乔纳森说,"你看到那个小纸人了吗,那个先是爬上梯子然后跳下来的小纸人?"

我点了点头。

"嗯,埃洛穿着他的大鞋走进演出场,那里就有这样一架梯子,一直搭到马戏团帐篷的穹顶。上边有人喊'埃洛'!于是埃洛费劲地爬上梯子,你可以想象一下,穿着这双鞋有多困难。中途他的鞋子掉了,他非常伤心。另外一个小丑把鞋子放在演出场的沙堆上。对,然后⋯⋯"

"然后?"我问。

"然后我就跳下去。"埃洛说,"从很高的高处,翻个跟头,跳进我的鞋里去!人群中一片惊呼。软软的沙子给了我缓冲,但是有时候也会很疼。我必须清楚地知道,我应该怎么跳到地板上来!"

"沙子下边还有海绵橡胶,但这仍然是个危险的节

目！"乔纳森说。

"我作为'飞翔的埃洛'在全世界受到欢迎。直到有一次,我跳到了沙堆旁边,摔断了双腿,一直也没能完全康复。今天我躺在床上,就是这么回事!"埃洛用手敲着被子,"我早该知道,应该适可而止的!"

我手里还拿着那双鞋,不过不再像之前觉得那么有趣了。

"把鞋子放回箱子里吧！"埃洛说，"谁也不怪，这都是我的主意！我曾经想拥有一个节目，一个其他人都做不到的节目！"

"这都是很久以前的事了。"乔纳森说，"但是我们会写一本很棒的书。对埃洛的访问已经完成了，我还会跟埃洛以前认识的几个老艺术家聊聊，然后你们就可以安静地阅读了！"

"我们也给您准备了惊喜！"妈妈说，"您准备好了吗？"

"我喜欢惊喜！"埃洛说，"你们可以开始了！"

我们在外边准备了一会儿，演出开始了。

乔纳森戴着红色的小丑鼻子在房间里踉踉跄跄地走着。他头顶两口锅，杂耍着苹果和橙子。然后，他笨拙地端上蛋糕，每个人都必须接住他给的那块。在乔纳森用勺子敲响锅之后，我开始一本正经地朗诵我的四首短诗。妈妈穿着一件红色的长礼服，手里拿着一枝红色的玫瑰，跳起缓慢的舞步，看起来就像一个芭蕾舞演员一样。郑重的鞠躬之后，她把红玫瑰献给了埃洛。

埃洛被感动了。他身体前倾,吻了妈妈的手。我们纷纷鼓掌。

"好了,现在到了影子剧场表演的时间了!"乔纳森喊道。

爸爸拿出两支手电筒。乔纳森把一盆花挪到旁边,从墙上取下一幅画。

"现在这里是舞台。"他说着关上窗户,拉上窗帘。我和妈妈帮忙举着手电筒。

突然,爸爸和乔纳森的手里拿出一些小纸人。

"剧目的名字叫:'马戏团里的星期天巨人'!"爸爸喊道。

他们把小纸人粘在小细棍上,在灯前上下翻滚舞蹈,在墙上能看到小纸人们大大的影子。

一个纸人是乔纳森,很好认,瘦长的身形,乱糟糟的头发,他无声地掠过墙面。一个小纸人——应该是我——出现了,然后还有两个大纸人——我的爸爸妈妈。

我们是马戏团里的艺术家。我在乔纳森头上做倒立,爸爸把妈妈抛到半空。妈妈翻了个跟斗,爸爸又接住了她。然后我们叠起了罗汉,像一座晃晃悠悠的高塔。

我和妈妈忍不住哈哈大笑,笑得都拿不稳手电筒了。光束划过墙壁的时候晃来晃去,小纸人时而被照亮了,时而又看不到了。乔纳森和爸爸一次又一次被打断,有时候墙上压根儿看不到人影或者只能看到个别的。埃洛仍然不停地欢呼着"太棒了!""哦吼!""跳!"完全沉浸在自己的世界里。对他来说那些人物是鲜活的,他仿佛突然又回到了舞台中央。

晚上当我们和埃洛告别的时候,他长时间地和我们

国际大奖小说

每个人握手。妈妈在他脸颊上吻了一下。

"我们会去您儿子家看望您的。"她说,"说好了。您只需要给我们地址。"

乔纳森把地址写在一张纸上。

爸爸又跟埃洛握了一次手。

"下次见!"他说,"感谢这个美妙的下午!"

告别的时候埃洛摸了摸我的头发。

"乔纳森给我讲了很多你的事。"他说,"你不要气馁!"

"您也是!"我说。

乔纳森陪我们走到汽车旁。

"你们太好了。"他说,"埃洛今天非常开心。我一直知道,拥有你们意味着什么。"他拥抱了爸爸妈妈和我。还没等我们说些什么,他已经回到了楼里。

"下个星期天见!"他冲我们喊道,然后我们就回家了。

第十四章

星期天画家

"今天我特别想画画!"乔纳森喊道。当接下来的星期天我给他开门的时候,他手里拿着一个盒子,上面用几根绳子绑着。

"我的旧蜡笔,还是我上学时候用的!"乔纳森说,"你说过,你房间的白色墙纸上可以画画!对不对?"

"对!"我说,"我已经开始画了,但画得还不是很多!"

"今天就将有所改变。"乔纳森冲进厨房,分别搂了一下我的爸爸妈妈。

"埃洛已经搬到他儿子家了,他在那里感觉很好。他让我向你们问好!他两个星期之后过生日,也许你们到时候可以过去看看!你们有他的电话号码,提前打个招呼就行!"

"我们会的。"妈妈说。

"那你呢,你不一起去吗?你现在住在哪儿?"

"我今天还住在埃洛的房子里,但是明天房间就该清扫了。我后天就回美国。"

我有点儿哽咽。我总是担心有一天乔纳森会走,但是……

"我两三个月后再回来。"乔纳森说,"我会带琳达来,如果真的不打扰你们的话,我们会住在你们家。不用担心,只住几天而已!"

"住几周也没问题。"妈妈说,"你们在我很高兴。"

爸爸也立刻答应会带我们去纽约看望乔纳森,也许就在圣诞节的时候。

然后,乔纳森拿着彩笔坐在我的房间里。

"谁帮我画画?"他问,"作为真正的星期天画家,我只画星期天的画！谁想一起画？"

他分发彩笔。妈妈画了一个打击乐器，说："这个星期天的感觉真是太棒了！"

爸爸画了个脑袋上戴着的巨大草帽，然后又画了一顶在空中旋转的帽子。

在我的画里，我坐在一个巨大的鸟巢里，鸟巢就像房子那么大。

乔纳森把一整面墙涂成黄色，然后说："这是戈壁沙漠！"他把我们四个都画了上去：我们骑着骆驼，系着头巾，穿着宽大的袍子。

和乔纳森一起度过的那些个星期天在我脑海里一一闪过。我很高兴他的突然出现，而当他心情没那么好的时候，他也没有突然消失。爸爸和他现在对我来说越来越像了。在过去的几星期里，爸爸变了，他变得越来越轻松，笑容也比以前多了。妈妈有时就像个年轻开朗的小姑娘。

总而言之，家里现在变得比以前有趣很多。

当乔纳森吃过晚饭穿戴好，站在前厅里时，他翻了好久夹克口袋。"我想给你留些东西！"他对我说。

说着,他从口袋里掏出他的旅行小矮人。

"他一定也需要度假。"他说,"他会很高兴,因为可以休息一下了。"

"在我这里他会过得很好的。"我说,"他可以和77个小矮人一起聊天儿。"

"也是。"乔纳森叹了口气,"但是,当我再回来的时候,我会把他带走的。每段假期都有一个终点!"

我拿着旅行小矮人,紧紧地握在手里。

"没问题!"我说。

乔纳森紧紧地抱住我,我差点儿哭了,但我不想表现出来。

"我把他和其他小矮人放在一起!"我一边说着,一边拿着小矮人快速跑回我的房间。

我听到乔纳森和我的爸爸妈妈告别,然后他走进我房间说:"保重,星期天巨人。再见!"

我点了点头。

"再见!"我小声说。

我打开窗,把戴蓝色帽子的小矮人放到窗台上。我用

国际大奖小说

一只手小心地握紧它。

然后,我们久久地望向窗外,倾听大海的呼啸声。

作者简介

海因茨·雅尼施
Heinz Janisch

海因茨·雅尼施1960年生于奥地利布根兰,于维也纳攻读德国文学及新闻学,1982年成为奥地利广播公司特约人员,制作并主持节目,同时也创作儿童及成人书籍。他的作品曾获多项文学奖,《梦幻飞翔岛》荣获维也纳青少年文学奖,《星期天的巨人》获得了奥地利儿童及青少年文学促进奖。2024年,他获得了国际安徒生奖。

对雅尼施来说,儿童文学的创作像是一份礼物,让他成为创造奇迹的人。他特别喜欢举办写作工作坊。在那里,他和孩子们一起写文章,激发他们的创造性。他希望能写出让八岁到八十岁的读者都能满意的书籍,这是他的梦想,并且一直坚持着。

书 评

我要不安分地成长

李一慢 / 新教育实验学术委员,新阅读研究所研究员、教育自媒体"一慢二看"主笔

这部小说第一章的题目是"不安分的乔纳森",开篇第一句是:"这就是他!乔纳森,一个不安分的人!"

不安分,这个词一下子就进入我的脑海。

怎样才是不安分的人呢?不安分的人都会做些什么呢?孩子们不安分好不好呢?或者,有人会说,我才不会让孩子与不安分的人打交道呢!

这样一句话引起了我们的疑虑,也抓住了我们的好奇心。一口气看下去,却让我心生惭愧——为何我不是个不安分的爸爸呢?同时也有一些震撼,我也要过不安分的生活。

全天下的爸爸、妈妈都爱着自己的孩子,只是,有的爸爸妈妈爱得太无声无息了,太安分了!

那该怎么办?

看看乔纳森叔叔每个星期天在他哥哥家的所作所为吧,或许你就能得到自己想要的答案。这个"你"或许不多,这些方法或许"你"偶尔为之,但对你和你的孩子而言,就是满满的幸福。

唉,要是有一套"国际家教大奖小说"的话,这本书应该是最闪光的作品之一:孩子们看得心旌动摇,估计会渴望有这样的爸爸妈妈、叔叔阿姨,而爸爸妈妈们读了也会暗自痛下决心要学习乔纳森……阅读这样双管齐下、一举两得的童书,最好的方式就是亲子共读,而且是大张旗鼓地读,一大家子轮流读,阅读的效果才能显现出来。要说会有什么效果?书中是这么写的:

在过去的几星期里,爸爸变了,他变得越来越轻松,笑容也比以前多了。妈妈有时就像个年轻开朗的小姑娘。

总而言之,家里现在变得比以前有趣很多。

在这本"家庭生活不安分大全"中,最先出场的是77个小矮人,每一个都栩栩如生,每一个都有不同的故事,

每一个都得到了马克斯的喜爱,每一个都让爸爸妈妈觉得胆战心惊:

"和他们相处了两天之后,我眼睛里只有小矮人了。"爸爸说,"办公室里、公园里、马路上,我甚至想,我的生活里除了小矮人没有其他东西!"

第二个星期天是在马克斯屋里搭了一个鸟巢,不是那种模型,是一个真正的鸟巢:

"那应该怎么筑巢呢?"我问,"我们又不能到处飞来飞去地找材料……"

"其实,我已经到处飞过了。"乔纳森说着把两个旅行袋里的东西都掏了出来——旧床单、动物的毛、夹克,还有大树枝、小树枝和一捆干草。

第三个星期天带来了沙子,不,是沙漠:

爸爸,妈妈和我目瞪口呆地站在那里,看着我叔叔穿着内衣内裤,坐在地板上玩沙子。

我想我不能再举例了,否则就真的剧透了。仔细想想,你会不会有类似小矮人、鸟巢、沙漠那样"不安分"的想法呢?像是深海潜水、游湖划船、粉笔音乐会什么的?或者像我们一家半夜里在院里扎起了帐篷,一家四口挤在婴儿床上假装四个小宝宝?

看起来,我们要跟乔纳森叔叔比一比"不安分"的创意了。但我们阅读小说时会发现,书中这些不安分的举动也绝不是为了"展示"乔纳森叔叔的才华,而是让这一家三口通过从不安到坦然,从拒绝到接受,在"不安分"的亲子共玩中,改变了家庭中过于"安分守己"的氛围,让孩子得到了新的成长良机。

这又何止是孩子的成长良机?马克斯的爸爸妈妈也发生了巨大的变化。当乔纳森要在家里搭建鸟巢时,爸爸大喊救命,妈妈也处在生气的边缘。

后来,妈妈会叹着气,看着乔纳森和马克斯把客厅变成沙漠,爸爸大喊"够了"表示反对。再往后呢?他们也一起参与,乐在其中!

我还要指出的是,即便我们没有如此多的"不安分"细胞,也不耽误我们成为好爸爸好妈妈。本来,多姿多彩的家庭正是不同的家庭教育产生作用,并持续发力的结果——"我弟弟对我来说就是个谜。""他能把所有东西弄得一团糟。""乔纳森完全是我的反义词。"从马克斯爸爸的这些话语中,我们可以翻过岁月,看到兄弟两人接受了同样的家庭教育,却产生了安分的哥哥与不安分的弟弟!而这更值得我们深思,为何马克斯的爷爷奶奶可以培养出这样反差极大的两个男孩!或许我们会更羡慕马克斯,他有严谨安分、成熟稳重的爸爸,也有不安分的"星期天巨人"叔叔。乔纳森叔叔不安分的快乐生活,相信会在马克斯的心里埋下一颗"不安分"的种子,让他渴望去探索这个丰富多彩的世界。

我是倡导亲子共玩和亲子共读的,乔纳森叔叔也给我结结实实地上了一课:如何将亲子共玩痛快淋漓地展示在孩子面前,深深地诱发着孩子的兴趣。同时,他也为我们提供了最好的操作范例。以前我们倒是经常在家里搭帐篷,现在我们就可以在小区里、在街心花园里露营了。

要注意的是,乔纳森叔叔在家中营造的不仅是一个供马克斯自由成长的小环境,更突出表达了爱与支持的重要性,也告诉我们:"对孩子来说,爱的能力与其他能力一样，都是需要培养和积攒的。"

在这本书中，我还看到了潜藏在乔纳森叔叔不安分的奇思妙想背后的马克斯爸爸妈妈和谐的夫妻关系，这种合力是很多家庭需要在亲子共玩中体会和学习的。当爸爸输掉了与"风抢夺帽子"的比赛后，妈妈出马扳回了一分，一家人为之欢呼雀跃。

看到爸爸妈妈在草地上欢呼的样子，我觉得特别开心，因为我已经很久没有看到这样的场面了。

现在更多的爸爸妈妈愿意在育儿上付出时间和精力，如果自己觉得现有的亲子互动形式单调和固化，不妨多看看这样正在践行中的案例和感悟，然后静心想一想，找一找自己与孩子都能实施的"不安分"的事情。在某一个星期天，将原来的固有形象锁进抽屉，摇身一变，摇滚达人？饶舌歌手？耕读农夫？还是……

了解自己和孩子的特点，然后去选择适合自己的亲子互动方式，大家都轻松。要是我们还不愿意把家里变成沙漠，也不想在卧室搭建鸟巢，那就带上家里所有的帽子，去跟风来一场比赛吧！

教学设计

每一个人都可以成为"星期天的巨人"

——写给和孩子一起读这本书的大人

蒋军晶 / 儿童阅读推广人

简要地介绍一下这个故事:

小男孩马克斯和爸爸妈妈住在奥地利的一座小城市里。

一个星期天的下午,马克斯的叔叔乔纳森来到了他们家。是的,乔纳森叔叔的到来让原本平淡无奇的星期天一下子变得不可思议。

乔纳森叔叔就像一个长不大的孩子,脑袋里装满了奇妙的点子,时常会做出一些疯狂的举动。因为他的出现，马克斯对下一个星期天总是充满期待,期待惊喜的到来。在马克斯眼里,乔纳森叔叔就是个巨人——星期天的巨人。

把游戏和创意"搬"到家里

是的,乔纳森叔叔别样的生活方式和思维模式为马克斯,也为我们读者打开了一扇门。如果你自己不愿费神,你完全可以把这本书换一个名字——《12个家庭亲子互动创意游戏》,然后依样画葫芦,把游戏和创意"搬"到自己家里。例如:

小人国——如果你愿意,就给孩子买一堆卡通人物,每一个人物都应该有名字、有身份、有故事。你让这些卡通人物和孩子一起看书、看电视、睡觉、旅游,让孩子和他们聊天儿,说说每天的高兴事与伤心事……

搭建鸟巢——你可以和孩子在家里搭一个相当漂亮、柔软的"鸟窝",当然不是用树枝,不是用烂泥,你可以用床垫、床单,如果你家里有旧夹克、旧裤子或毛绒玩具的话,都可以派上用场。

"星期天"的背后

但我们有时也要想一想,乔纳森叔叔充满创意地闯进马克斯的"星期天",到底想和我们分享什么,他真的只是在介绍这些创意游戏吗?

去感受自然

是的,当我们活着的时候,就要去享受四季轮回、品味人间冷暖……细微到突然扑到面庞上的风,青翠绿叶上跳动的明亮阳光。

但是,你未必要在卧室搭一个鸟巢,未必要在客厅铺一片沙漠。感受自然的机会太多太多。例如,带孩子去雨中潇洒地转一圈,去雪地中撒野打滚儿,去记住一块云彩的形状,去看月光洒在广阔的海面上,去认养一棵树,每隔一段时间就去观察它身上发生的细微变化……

其实,你也未必要"带"孩子做什么,你要做的是"允许"。孩子会呆呆地看一只蚂蚁,看蚂蚁从这里爬到那里,从那里又爬回这里,你别在后面催着"做作业去"。孩子会把手脚插进泥沙里,你别歇斯底里地尖叫"脏死了,脏死了!"这就可以了,你要做的就是"允许"。

做到了允许,你就是孩子的"星期天巨人"。

和孩子一起帮助别人

作为大人,其实我们并不清楚怎样培养孩子拥有一颗善良的心。很多时候,我们只是把钱交给孩子,让孩子把钱塞进"捐款箱"。

在书的后面几章,乔纳森叔叔让世界变得特别温馨。埃洛曾经是一个能够"飞翔"的杂技演员,可现在他只能躺在床上。乔纳森叔叔和马克斯一家为埃洛策划了一场特别的演出。乔纳森叔叔化身小丑,马克斯朗诵了诗歌,妈妈跳着缓慢的舞步为埃洛献上了红色的玫瑰,爸爸表演了纸影。在这个下午,屋子里充满了人与人的温情,长时间的握手,用心的拥抱,互相亲吻的温柔、欢笑……

乔纳森叔叔是想告诉我们——

帮助和礼物,应该建立在观察和聆听的基础上。我们要清楚对方到底需要什么。

帮助和礼物,并不局限于物质的东西,也包括分享美感,表达理解。

帮助和礼物,是用心的准备。帮助可以空着手,但是不能空着心。一场倾听,一个拥抱,一句赞扬,一段祝福,一声鼓励,也能传递心意和惊喜。

帮助和礼物,所获得的快乐不是别人发给你一张证书,不是别人说你很善良,而是你看到了别人的笑容,你有一种发自内心的满足。

如果你带领孩子做这样的帮助,送这样的礼物,你也是"星期天巨人"。

和孩子一起做些特别的事

作为大人,其实我们并不知道孩子需要什么。你知道吗?孩子的生活需要"不一样",需要"变化",需要"冒险"。而作为大人,我们想过"正常"的生活,这无可厚非,但我们没有必要早早地就让孩子过上一种"按部就班""秩序井然"的生活。正常状态就像一条铺好的路,走起来舒服,但开不出花朵。孩子的生活需要"惊喜"。

在安全的范围内,我们应该和孩子一起做一些特别

的事,让自己感到快乐的事。什么样的事才算是特别呢?这很难说清楚,因为有迹可循就算不上特别了。我们可以举一些例子:做个神秘的"偷拍者",收藏具有某种特质的东西,如树叶、石子、贝壳,去了解爷爷的一生,去野外露营一天,攒钱去看一场特别的演出……

如果你愿意带孩子做这些,在孩子眼里,你当然就是"星期天巨人"。

和孩子袒露心事

作为大人,其实我们不懂得怎样和孩子聊天儿,我们和孩子之间的对话永远都是:"功课写完了没?""琴练了没?""今天考试得了多少分?"我们面对孩子的问题永远都是:"你小孩子懂什么。""等你长大了就知道了。"我们一张嘴就是教育,就是检查,就是规定,就是指责,就是训斥,就是不耐烦。

乔纳森叔叔知道怎么跟孩子聊天儿。他和马克斯的对话很郑重。乔纳森叔叔告诉小侄子他有抑郁症,有一段时间他整个人就好像掉进一个黑洞里;他告诉小侄子他

有女朋友,她是他的救星;他告诉小侄子他不差钱,但也不追求拥有很多钱。乔纳森叔叔什么都说,没有禁忌,非常真诚。是的,乔纳森和马克斯之间进行的不是大人和孩子的对话,而是朋友之间的聊天儿。

和朋友聊天儿是这样的:

有一段不被所谓的"要紧事"打扰的时间;

很认真地看着对方,绝不敷衍地说着"嗯、啊、喔";

绝不着急评判对错,有时只要侧耳倾听;

偶尔问一个让对方"尴尬"的问题:你有喜欢的女孩(男孩)吗?

袒露自己的心事,可以说说自己的失败与痛苦,说一说自己的努力,说一说未来的打算;

当然,最美好的还是全家人一起聊天儿:分享光荣的事、诉说伤心的事、笑谈出糗的事、畅言经历的事……

努力成为"星期天巨人"

"最近我们喜欢坐在地板上。"爸爸说,"我必须要说,乔纳森,过去的这些个星期天你教会我们很多东西。"

"比如说什么？"乔纳森问。

"比如不需要凡事都那么较真儿，开个玩笑也挺好的。比如一个星期至少有一天，应该全家人一起度过。做什么其实不重要，关键是大家都要开心。"

是的，乔纳森叔叔所做的一切带给我们很多思考。我们必须承认，这本书比大多数家长学校的讲座要生动得多，我们可以从中梳理出许多"思考"，然后对照，如果能尝试去做到当然最好。很多事情都是这样，也许我们一下子做不到，但至少我们有了目标。

☐ 时常带领孩子走进大自然

☐ 和孩子用心送出一份礼物

☐ 和孩子一起做一件特别的事

☐ 和孩子像朋友一样聊天儿，袒露心事

☐ 善待家中的物品，感念一些东西对自己的陪伴、对家庭的贡献

☐ 尊重从事其他工作的人，对服务员客气讲话，对小区里的清洁工报以微笑

☐ 允许孩子像孩子，很欢喜地看到他们和洋娃娃说

话，看不切实际的童话故事，说一些天马行空不着边际的话，允许他们慢慢长大

☐不逼孩子去背一些他完全不理解的东西

☐多和孩子玩一些与手机、电脑无关的游戏

☐让孩子体会艺术的乐趣，例如我们学画画，不只是为了获奖，有时可以画一颗星星表达希望，画一片晚霞来表达心灵的渴望

☐和孩子一起阅读，做一个屋檐下能够讲故事的家长

☐好好说话，不乱发脾气

……

安排一次创意写作

这本书按照每个星期天来写一章，每个章节基本是并列的。十几个章节的内容介绍了许多富有创意的生活方式，诸如：开发想象空间，感受大自然，培养逻辑思维，另类过家家，手工操作，善待家中物品，感同身受等许多方面。

所以，如果孩子喜欢写作，你完全可以让孩子在中间穿插一个章节，创作一个特别的"星期天"。在这个星期天，乔纳森叔叔带来了什么意想不到的礼物，或者有什么让人大跌眼镜的建议，这就完全看孩子的"编剧"能力了。

当然，在写之前，你也可以让孩子重读一下这本书的各个章节。在你的提示之下，孩子会发现各个章节之间还是有"相似之处"的，是有"写作规律"的。每一个章节的写作结构基本如下：

"我"充满期待；

爸爸总是反对，发些牢骚；

妈妈很快进入角色；

最后，一家人投入不一样的快乐的星期天中。

当然，如果你希望孩子写的这个章节既好玩儿又有"意义"，那你不妨把这篇"建议"的前面部分读给孩子听，孩子或多或少会有些启发的。

当然，孩子写完了，你就不要发表太多意见了。对于孩子来说，写故事就是因为好玩儿，孩子是为了好玩儿而活着的。